Lukas Jenzer

überwegs

Erzählungen

Covermotiv:
Gemälde von Max Hari (Ausschnitt)
„Nicht sehr einfaches Bild", 2015
Copyright © Max Hari

Bibliografische Information der Deutschen
Nationalbibliothek:
Die Deutsche Nationalbibliothek verzeichnet diese
Publikation in der Deutschen Nationalbibliografie;
detaillierte bibliografische Daten sind im Internet über
http://dnb.dnb.de abrufbar.

© 2023 Lukas Jenzer

Lektorat: Laura Egger

Herstellung und Verlag: BoD – Books on Demand,
Norderstedt

ISBN: 978-3-7578-2805-9

Sprache verleiht dem

überwegs Erlebten Bewusstsein,

Gesprochenem oder Gedachtem.

Inhalt

Blu

Wer auf der Schotterpiste strandwärts zu schnell fährt, wird den schmalen Eingang in der dicht bewachsenen Hecke nicht bemerken. Ein unscheinbares aber blankweisses Schild über der ersten Steinstufe markiert den Eingang zu diesem Reich. *Bar Blu* ist in einem leuchtenden Blau zu lesen. Einer zweiten folgt die dritte Stufe aus groben Steinplatten mit gefährlich breiten Zwischenräumen. Der wachsame Besucher, der das Schild zwar entdeckt, benommen von der plötzlichen Dunkelheit aber unaufmerksam weitergeht, übertritt sich leicht den Fuss und verlangt so noch vor dem Cappuccino einige Eiswürfel zum Kühlen der Ver-stauchung.

Es bleibt schattig in dieser Oase aus sattgrünem Lorbeergeäst. Dieses bildet über eine grosse Fläche ein natürliches Dach in mehreren Schichten. Eine Wohltat auf der Flucht vor unerträglich heissen Sommertagen. Erst jetzt wird der Blick frei auf das kleine Häuschen aus rostrotem Granit mit seinen auf das Blau am Eingang abgestimmten Fensterrahmen aus Holz und auf die wenigen Tische davor. Der Mann blickt verdutzt auf und kommt mir eilfertig entgegen.

Manolo fällt auf und ragt aus allen anderen heraus. Denn an Manolo ist alles rund. Manolo besteht aus nur zwei Dingen: einer massigen, schwarzen und viel zu grossen Hornbrille in seinem kugelförmigen Kopf und aus viel Bauch, unendlich viel Bauch. Da hilft selbst der elegante, schwarze Pullover nicht beim Verdecken seiner Körperfülle. Manolo ist alt und Manolo scheint müde. Eigentlich hat er keine Gäste mehr nötig in diesem Jahr. Das Geld reicht für den kommenden Winter, zum Leben, und für viel mehr. Seine Bar ist einmalig, das spricht sich herum unter den Sommergästen und sie ist deshalb von Mai bis September gut besucht.

Mit jedem Schritt öffnet sich eine neue Kammer in diesem dichten Dschungel. Hier ein kleiner Tisch, geschickt zwischen abgeschliffenen Felsbrocken eingefügt, da zwei verborgene Stühle für ein Tête-à-Tête, einige Schritte weiter eine neue Abzweigung zu einem nächsten Steinplatz mit geflochtenen Hockern rund um einen Bartisch. Alte Landmaschinen sind Zeugen früherer Ackerbaukultur in diesem Landstrich, Seile schlingen sich um Bäume. Manolos Kunstgarten ist ein Lebenswerk. Alles von Menschenhand Geschaffene ist in auffallend klaren Blautönen gehalten, von dunkel- über mittel- bis hellblau, jedes Frühjahr wohl akkurat neu gestrichen. Die *Bar Blu* ist ein Erlebnispark aus warmem Granit, sattgrünem Lorbeer und blauen Dekorationsobjekten. Manolo ist Barkeeper, Plattenleger, Maler, Künstler, Sammler und Gastgeber in einem. Hinter seinen dicken Brillengläsern schlummert in klaren, dunklen Augen aber noch mehr.

Gedankenverloren schlürfe ich am Getränk, aber nur kurz. Dieser Mann lässt mich nicht los. Wer ein solches Reich schafft, verbirgt Besonderes, Einmaliges. Ich versuche in Gedanken hinter die Fassade seines Gesichts zu blicken und komme doch nicht weiter. Deshalb breche ich auf, unauffällig, als ob ich die Toilette aufsuchen würde. Der Steinweg führt weiter nach hinten. Er schlängelt sich sanft den unscheinbaren Hügel hinauf, stets von nicht enden wollendem, dichtem Lorbeer und massigen Felsbrocken gesäumt. Ich fühle mich als Entdecker auf verbotener Reise durch eine fremde Welt aus dem Braun der Steine, dem Grün der Pflanzen und einem betörenden Blau in Manolos Freilichtmuseum.

Eine Steinpforte scheint den Barbereich zu begrenzen. Ich blicke zurück, versichere mich meines unentdeckten Tuns. Unvermittelt stehe ich vor einem weiteren kleinen Steinhaus, über und über mit Grün bewachsen. In präziser Symmetrie ist an der Stirnseite eine verschlossene Tür eingebracht, Fenster fehlen. Das Herz schlägt etwas schneller, das Kribbeln in meinem Bauch entgeht mir nicht.

Mief empfängt mich im dunklen Raum hinter der nur leicht angelehnten Holztüre. Ein schnelles Rascheln, dann wieder absolute Stille. Es ist kaum etwas zu erkennen. Ich bewege mich behutsam nach hinten, weiter zur hellen, schmalen Spalte, welche mich an der entgegengesetzten Wand und am Ende der verbrauchten Mauern erwartet.

Hinter einer ersten Glastür folgt eine zweite. Beide öffnen sich mit leisem Sirren, wie von Geisterhand bewegt. Unvermittelt stehe ich in einer bizarren Umgebung. Hell beleuchtet begrüsst mich ein Gewirr aus blank gereinigtem Glas und Porzellan: Durchsichtige Rohrleitungen umschlingen und verbinden Behälter und füllen den Raum wie ein fein geknüpftes Netz. Rührwerke, Zentrifugen und Siebe aller Art lagern auf einem Tisch aus Chromstahl. Schüttler, Bunsenbrenner und Thermostaten warten auf ihren Einsatz. Gebrauchte Schutzhandschuhe liegen neben Pipetten bereit. Mörser aus edlem Porzellan sind in verschiedenen Grössen ordentlich aufgereiht. Dahinter in dutzenden von Behältern blaue, dürre Blumenblätter, Ehrenpreis und Veilchen wohl. Dann Indigopflanzen und Harze in verschiedenster Konsistenz. Daneben liegt Blauholz. Schliesslich hunderte von kleinen Steinen in intensivstem Blau: Lapislazuli, im Wert von tausenden von Euros.

In einem Kolben eine gelbe Flüssigkeit. Ich schnuppere daran, aber nur kurz: Beissend riechender Urin! Daneben Schafskot in allen Brauntönen.

Ich versuche zu verstehen.

Unter dem Labortisch entdecke ich einen grossen Behälter mit Wasser. Mein nasser Finger an der Zunge bestätigt mir die aufkommende Vermutung: Meerwasser, das Blau, in dem alles Leben begann. Schliesslich blicke ich nach oben und entdecke die Öffnung im Dach dieser Hexenküche. Ein kleines Teleskop ist senkrecht gegen das herbstliche Blau da oben gerichtet. An dessen unterem Ende ist ein grosser Trichter angebracht, als ob hier Leben und Licht des Himmels eingesammelt werden sollten.

Ich wende mich und entdecke neben der Glastüre das kleine Regal. Hier ruhen Manolos leuchtende Schätze, sauber beschriftet in kleinen, durchsichtigen Glasflaschen: Kobaltblau, Manganblau, Azurblau. Türkisblau, Cyanblau, Nachtblau, Ultramarin, Indigoblau. Eine Flasche ist leer, aber bereits mit unbeschriftetem Schild versehen.

Ich scheine zu verstehen.

Manolo ist müde, ja. Der Herbst kommt rechtzeitig. Aber Manolo ist ebenso hungrig. Hungrig nach dem Blau der Harmonie, nach dem Blau der Sehnsucht, nach dem Blau des Glücks und der Ruhe. Manolo hat noch nicht genug. Manolo sucht zwischen Himmel und Erde sein ganz persönliches Blau, *sein* Blu, die Farbe *seines* Lebens.

Blutweg

Unter den bereits staubig gewordenen Rädern knirscht feinkörniger Kiesel. Spitze Steine schiessen mit einem hellen Sirren aus der Spur in die dürre Macchia wie abgeschossene Pfeile von der gespannten Sehne eines Bogens. Die schräg stehende Sonne wirft ihr Licht vom klaren Herbsthimmel, hell und bereits grell. Die erste kühle und feuchte Nacht dieses Herbsts hat sich bisher nicht ganz aus den Blättern des Wachholders und des Ginsters befreien können. Doch der Sommer ist stärker. Er behauptet sich im Übergang der Jahreszeiten, wohl nur wenige Tage noch. Der trockene Fahrweg schlängelt sich durch das karge Hinterland, fernab von Schnellstrassen, welche die weissen Strände der Touristen mit ihrer geröteten Haut und die Dörfer mit auswechselbaren Supermärkten und den Bars der Einheimischen verbinden.

Reine Luft strömt durch die Nase und warmes, frisch genährtes Blut fliesst durch die Adern. Angeregt pumpt das Herz unter den Rippen im Rhythmus des Atems. Ein Körper voller Energie. Salzige Schweissperlen treten aus den Poren auf die Stirne. Rollen, lenken, auf und ab. Pedalieren, rund und regelmässig. Schweben durch die trockene Landschaft. Die Tour wird lang. Weit weg dunkle Wolken, kaum beunruhigend und fern hinter dem olivgrünen Hügelzug, unserem Ziel heute.

Weit weg durchfährt ein dumpfer Knall die gleichförmige Stille, kaum hörbar neben dem Knirschen von Steinen und Sand unter den Pneus.

Gedanken an Gewesenes überdecken die Eindrücke für Ohren, Augen und Nase, flüchtig und in rascher Folge wie Werbespots im Fernsehen. Noch ist die Arbeitswelt nahe und der ganze Urlaub steht bevor. Müde Beine, erholsame Nächte und frische Bilder sollen helfen, den Distanzmodus zu finden.

Mit jeder Radumdrehung folgt ein neuer Blick auf die südländische Landschaft, eine noch nie eingenommene Perspektive, stets verknüpft mit Tagträumen und bedrängt durch bereits Er- und Gelebtes. Was wird von der Tour heute bleiben? Das an dieser Stelle hier Gedachte und Erhellte aus der Vergangenheit oder das in diesem Augenblick Gesehene? Oder siegt die Sorge um das Später, das ungewisse Morgen? Leben: Was ist das? Ein Mosaik, mit grauen und pastellfarbenen Steinen aus ferner und jüngerer Vergangenheit? Ein unvollendetes Gemälde mit den klaren Farben der Gegenwart und Lücken für die Steine der Zukunft, welche alles Denkbare möglich machen? Wie viele Steine wofür? In welchen Farben und Schattierungen? Wie gross ist die noch verfügbare Fläche in diesem Bild für das Morgen und Übermorgen? Wann wird das Bild vollständig sein? Werden zu diesem Zeitpunkt in unbestimmter Entfernung alle passenden Steine aufgebraucht sein? Wird es überhaupt jemals vervollständigt sein? Gibt mein Leben eine Darstellung ab, welche ich gerne selber betrachten – und bewundern – möchte?

Eine scharfe Windung im Weg holt mich in die Gegenwart zurück, Büsche verdecken die Fortsetzung. Dann ein Mann im blauen Arbeitskleid, überrascht von den unvermittelt heranrollenden Fremden. Dunkle Augen im gegerbten, unrasierten Gesicht, ein abweisendes Blitzen wird darauf sichtbar. Das Gewehr ist am zerfransten Lederriemen über die Schulter geworfen, müde und mattgrau hängt der Lauf vom häufigen Gebrauch hinunter. Der wortlose Gruss. Bremsen und Driften im Kies. Alles in Sekundenbruchteilen.

Ein kurzer Blick nach rechts. Da ist noch etwas. Eine weitere Gestalt hinter der Hecke hält den schlaffen Hasenkörper an seinen Hinterläufen in die Höhe. Die dritte setzt eine scharfe Klinge zum Schnitt an. Auch diese Bilder wie ein schnell geschnittener Videoclip.

Der Kopf ist wieder auf den unberechenbaren Feldweg gerichtet, eine nächste Windung im Weg. Die drei Männer bleiben zurück, nun verborgen im Grün.

Ein Leben ist zu Ende. Kaltes Blut. Doch weiter geht die Fahrt. Auch meine.

Vier Monde

Kurz nach Mitternacht war die Entscheidung gefallen.

«Ciao» sagte Maria trocken, drückte Francesco einen letzten flüchtigen Kuss auf die Wange und entfernte sich rasch von der Bar. Durch die vielen Gäste hindurch schlängelte sie sich nach draussen und fand Alberto auf dem vom Vollmond hell erleuchteten Vorplatz, wo er auf sie gewartet hatte.

«Bella?»

Sie sagte nichts, kam, langsamer nun, auf ihn zu und schmiegte sich sanft an seinen kräftigen Körper. Die lähmende Unsicherheit hatte ein Ende, das Pendel hatte auf Albertos Seite ausgeschlagen. Maria und Alberto hielten sich fest, die Welt gehörte in diesem Moment nur ihnen alleine. Es war ihre Nacht.

Die erste Drohung wartete bereits am Morgen danach auf Alberto. Der mit Grossbuchstaben beschriftete Zettel hing am Fenster der Küche, von aussen und etwas schief angeklebt: *FUORI!* war zu lesen. Darunter im selben Schwarz vier rätselhafte runde Kreise.

Alberto begriff die Aufforderung sofort. Er und Francesco hatten sich vor wenigen Tagen im *La Copperta* unten im Dorf für dieselbe Stelle als Koch beworben. Arbeit ist begehrt auf dieser Insel mit einer Arbeitslosigkeit so hoch wie die kargen Berge im Hinterland. Arbeit heisst Leben, oft für eine ganze Familie, welche sich zu häufig nur als Selbstversorger, mit etwas Landwirtschaft und den Altenrenten der Grosseltern über Wasser halten kann. Diesmal war er es, der Glück hatte, doppeltes Glück: Vincenzo, der Besitzer des kleinen Ristorante, hatte sich für ihn entschieden. Seine Erfahrungen als Koch in der Hauptstadt während der letzten Touristensaison hatten ihn überzeugt.

Zuvor war Alberto seit zwei Jahren auf Stellensuche gewesen, erfolglos.

Und gleichzeitig hatte Maria in der letzten Nacht ihre Wahl getroffen. Aus Liebe? Wegen seiner gesicherten Zukunft? Ihm war es egal. Zu lebendig waren in diesem Moment seine Erinnerungen an ihre kastanienbraunen Augen, ihre langen schwarzen Haare auf seinem nackten Oberkörper, ihre sanften, geschmeidigen Bewegungen, die warme, nasse Zunge, ihre feurigheisse Liebesmuschel und ihren leisen Schrei.

Und nun sollte er also seine neue Arbeitsstelle bereits wieder kündigen, seine gemeinsame Zukunft mit Maria aufs Spiel setzen, kaum hatte sie begonnen, aus Angst dem Druck nachgeben? Abfahren?

Er wusste genau, dass die altüberlieferten Regeln in seinem Land nicht dem entsprechen, was die in dicken Gesetzesbüchern formulierte Gerechtigkeit nach neuer Auffassung bedeutet. In diesem Land ändert sich nichts. Die Menschen nehmen alles hin, Arbeitslosigkeit, Kriminalität, mit Plastik und Glas übersäte Strassenränder. Er wusste, dass die Hüter der modernen Vorschriften wegschauen, wenn man es nur richtig anpackt. Aber Glück und Zukunft hier sich nehmen lassen von ewig gestrigem Landgesinde, welches den Schritt ins 21. Jahrhundert nicht bereit zu machen ist?

Vier Wochen waren vergangen, genau vier Wochen, seit Alberto und Maria ihre erste Nacht verbracht hatten. Die zweite Drohung lag auf der Schwelle vor seiner Wohnung. Der abgehackte, bräunliche Lauf des Huhns glänzte blutverschmiert. Alberto schloss die Augen. Es war weniger der Anblick dieses toten Körperteils, welchen er verdrängen wollte. Alberto wurde sich in diesem Moment bewusst, dass Francesco nicht vergessen hatte und nicht aufgeben würde. Und noch etwas beunruhigte ihn. An diesem Hühnerfuss stimmte etwas nicht. Er öffnete seine Augen wieder. Ein Huhn hat vier Zehen, nicht nur drei wie der leblose Fuss vor ihm am Steinboden! Alberto nahm den Fund in seine zitternde Hand und kontrollierte. Tatsächlich, die erste Zehe, welche normalerweise gegen hinten wächst, fehlte! Mit einem scharfen Schnitt war sie entfernt worden.

Vier Kreise vor vier Wochen, drei Zehen jetzt.

Die Wochen vergingen und der Countdown fand seine Fortsetzung. Alberto wurde nach Arbeitsschluss unvermittelt klar, dass es sich um einen solchen handeln musste. Vier – drei – zwei – eins – null! Schon von weitem erkannte er im Licht seines Fiats vor der staubigen Einfahrt in den Hinterhof seiner kleinen

Wohnung die beiden langgezogenen Fischkörper, welche an einem Seil befestigt quer über den Kiesweg hingen. Sie waren hell beschienen vom klaren Vollmond, der nahezu im Zenit des warmen Sommernachthimmels stand. Alberto hielt an, stieg aus dem Fahrzeug und trat vorsichtig an den makabren Fund heran. Der Geruch von beissend stinkendem Fischaas lag in der Luft. Die beiden Tiere mussten bereits länger tot sein. Aus den dunkelgrau marmorierten, schuppenlosen Körpern glotzten einzelne Maden. Die Flossen der beiden Muränen hingen schlaff hinunter. Aus dem grossen Maul, das bis hinter die Kiemen reichte, blitzten die langen und spitzen, nach hinten gebogenen Zähne. Damit würden die kampffreudigen Tiere ihre Beute nicht mehr hergeben. War das die Haltung von Francesco? *Stai attento!* Ich habe mich tierisch festgebissen in dich!

Was bedeutete ihm mehr? Die Arbeitsstelle oder seine Liebe zu Maria? Zwei Fische gleich zwei Niederlagen? Vielleicht gar keine zweitletzte Warnung?

Und wenn doch: Vier – drei – zwei – eins – null! Er wäre bei zwei angelangt. Viel Zeit blieb nicht mehr, und was würde am Ende geschehen? Alberto war bereit, die beklemmenden Umstände zu akzeptieren. Vincenzo zahlte ihm seinen kleinen Lohn regelmässig. Ab und zu legte ein Gast ein Trinkgeld auf die Spüle in der Küche und bedankte sich bei ihm im Hinausgehen für das Essen und seine Arbeit, die offenbar geschätzt wurde. So legte er jede Woche etwas auf die Seite, um seiner und

Marias Zukunft eine Chance zu geben. Nicht ausgegebenes Geld sind aufgehobene Freiheiten, hatte er einmal irgendwo gelesen.

Maria hatte sich verändert in den letzten Tagen und Wochen. Ihre Offenheit wurde durch eine zunehmende Distanz verdrängt, ihre warmen Blicke wurden weniger und die vertrauten gemeinsamen Stunden rieselten Alberto wie kalter, feuchter Sand durch die Finger. Seine Fragen blieben unbeantwortet. In der Küche des *La Copperta* war die lockere Stimmung der ersten Monate nur noch selten spürbar und bei der täglichen Arbeit schaute Alberto immer häufiger auf seine Armbanduhr. Spannung lag in der Luft.

Wieder Vollmond, wieder waren vier Wochen vergangen. Alberto wartete voller Angst auf das nächste Zeichen von Francesco und seiner Familie. Wer auch immer die Täter oder Handlanger waren, sicher konnte man sich auf dieser Insel nie sein. Die Familienehre geht über alles. Die Schuldigen sind schwer zu überführen, in den Clans hält man zusammen, deckt sich gegenseitig, die Polizei schaut weg. Und tatsächlich! Der tote Fuchs. Das aufgeschlitzte Tier hing am Holzstapel vor der gläsernen Türe zu seiner Wohnung. Blut tropfte immer noch auf den sandigen Boden, wo sich eine tellergrosse, dunkle Lache gebildet hatte. Schon als Kind hatte er von seinem Grossvater gehört, dass ein erwachsener, toter Fuchs die letzte Warnung vor einem grossen Rachefeuer sei. Der rote Pelz steht für das Rot des Brandes, der seine Verwüstung irgendwo anrichten wird. Francesco war offenbar bereit, bis zum Letzten zu gehen.

Neue Arbeit oder neue Freundin? Eine neue Arbeit zu finden war nahezu unmöglich. Und Maria würde er nicht mit Gewalt bei sich halten wollen. Er zweifelte, er wog ab, er schlief kaum und konnte sich nicht entscheiden. Der kühle Schatten über seinem jungen Leben musste weg. Aber wie?

Francesco kam ihm zuvor.

Die volle Mondscheibe verschwand hinter hellgrauen Wolken und schob sich kurze Zeit später wieder hervor. Flinke Hände platzierten Feuertabletten auf den vier Rädern des Fiats vor dem *La Copperta*. Ein kurzes, nahezu lautloses Klicken und die weisse Flamme des Feuerzeugs blitzte auf, viermal. Schnelle Füsse entfernten sich und verschwanden im Dunkel der Seitengassen.

Wenige Meter entfernt räumte Alberto die letzten Pfannen weg und kontrollierte das Lager im Kühlraum. Auf der Notiz hielt er seine Einkäufe für Morgen fest. Er drückte auf die Schalter neben dem Eingang zur Küche und löschte die Lichter. Der Blick zurück war Routine und fast wäre ihm entgangen, dass hinten an der Wand in einem dunklen Viereck noch ein flackerndes Etwas schimmerte. Eben hatte er doch alle Lichter gelöscht! Noch bevor er das Fenster erreicht hatte, drangen aufgeregte Stimmen ins Innere der Küche, welche beim Öffnen anschwollen. Feuer und schwarzer Rauch draussen auf der Strasse! Ein beissender Geruch kam ihm entgegen und er erkannte seinen Fiat am Strassenrand, dessen zwei sichtbare Räder lichterloh brannten. Alberto jagte aus dem Lokal neben den Gaffern vorbei auf die Fahrbahn. Auch auf der dem Ristorante abgewandten Seite brannten zwei Pneus. Vier kreisrunde Feuer, vier schwarze Kreise umzüngelt von Feuerringen!

Rasch griffen die Flammen auf den Wagen über und frassen sich durch ihre Nahrung im Innern. Alberto wurde zum Zuschauer bei der Vernichtung seines kleinen Vermögens, seiner eigenen, ganz persönlichen Existenz, welche daran hing. Die Katastrophe hatte sich mitten in seinem Leben eingenistet. Nichts mehr würde so sein wie vorher, wie vor vier Monaten in dieser Nacht, als der Vollmond in vielversprechendem Weiss hoch über ihm strahlte, als Maria sein Glück komplett zu machen schien.

Ein Knall zerriss die Nacht und das wenige Benzin im Tank explodierte in einem rotgelben Feuerball. Alberto trat einige Schritte zurück. Tausend Gedanken spielten in seinem Kopf Billard, prallten aufeinander und jagten in alle Richtungen davon. Nur einen konnte er klar fassen: Er musste weg, weg von diesem Job, weg von seinem brennenden Auto, weg aus seiner Wohnung und weg von Maria. Er musste weg aus diesem

Dorf, von dieser Insel. Es konnte an einem anderen Ort nur besser werden.

Gequält klang das «Ciao», das seinen Lippen auf dem Weg in seine kalte Wohnung entwich. Im Licht des vollen Mondes nahm er die Abkürzung durch das Feld. Sein Gang glich einer Art von Verzweiflung in Zeitlupe.

Allesseher

Ein Stück übergrosser, blanker Fels, so mächtig und schwer wie der harte Alltag der Menschen auf der Insel. In dunklem Grau ragt die schiefe Granitpyramide aus der Ebene heraus. Der Monte *Tuttavista* wirft einen kühlenden Schatten auf das namenlose Dorf an seinem Fuss. Einzelne Menschen begegnen mir vor der ausgebleichten Ortstafel. Sie gehen ihren Morgentätigkeiten nach. Eine Rinderherde blockiert den Kiesweg. Ich steige ab und später wieder auf. Oben markiert ein Kreuz den Gipfel, nahe am Himmel, hoch über dem in der Ferne glitzernden Meer. Ich erkenne eine Gestalt daran.

Im Dorf steigt es vorerst über holpriges Kopfsteinpflaster an, durch enge, schattige Gassen vorbei an verschlossenen Türen und kleinen Fenstern. Hellbraune, mattgraue und schmutzig gelbe Hausfassaden bilden eine kühle Steinallee. Einzelne *Buongiorni!* der wenigen Einwohner vor den dicken Mauern, welche sich an diesem Morgen zeigen. Ein unverbindlicher, kurzer Austausch unter Fremden. Einzig der Blick in die alten Augen lässt etwas Tiefe zu. Sekundenkontakte unter schwerer werdendem Atmen.

Hundegebell, letzte Häuser, die Abzweigung. Es wird steiler, das kleine Dorf liegt im Rücken, das Ziel jetzt unsichtbar und hoch oberhalb der steinigen Flanken mit ihren Kakteen, Büschen und gedrungen wachsenden Eichen. Der Blick löst sich von der Landschaft und wendet sich gegen innen, dem eigenen Körper zu. Kleider saugen sich mit salzigem Schweiss voll. Der Stoff klebt am heissen Körper. Hart und regelmässig schlägt das Herz, tiefer Atem. Mit jeder Radumdrehung werden die schattenspendenden Bäume lichter, die Luft dünner, die Beine schwerer. Haarnadel um Haarnadel geht es hoch, jede Kurve ein kleines Ziel. Der Gipfel kommt näher, ein letzter Schluck aus dem nun fast leeren Bidon. Es dreht allmählich wie von selbst. Stolz, Glück und ein Gefühl von dauerhafter Energie überdecken die zunehmende Müdigkeit.

Unvermittelt taucht das nun riesenhaft wirkende, bronzene Gipfelkreuz auf: Der sterbende Jesus daran blickt mit mir nach unten, ins Dorf am Fuss des Berges. Ich folge seinem geneigten Kopf, tauche ein in die Welt des Erlösers und sehe jetzt all das ganz klar, was vor einer Stunde bei der Fahrt durch die stillen Gassen noch verborgen war.

Lorenzo im braunen Häuschen an der Ausfallstrasse klaubt drei Geldscheine aus der Metallbüchse im Küchengestell und legt diese zur Stromrechnung auf die Hutablage. Es sind seine letzten bis zum Zahltag Ende Monat. Seine Hoffnung trägt ihn von Tag zu Tag.

Giuliano und Theodoro sitzen vor einem kühlen *Icnusa* in der Bar am Dorfplatz und schimpfen über die an ihrem Schicksal so uninteressierte Regierung in *Rom*. Beide wissen, dass sie es alleine richten müssen.

Im Obergeschoss kritzelt Emilia an einem kleinen Tisch in der rauchigen Küche einsam ihr Testament auf ein vergilbtes Blatt Papier. Eine Träne kullert über ihr zerfurchtes, fahles Gesicht. Sie hatte lange geglaubt, zu alt zum Sterben zu sein. Ihr Platz im Dorf wird frei.

Im Dunkeln, hinter altem Holz verborgen, nimmt Giuseppe in der kleinen *Chiesa* nebenan von Seppo die Beichte ab. Er war lange nicht mehr hier, doch die Last wiegt schwer und seine Nicoletta würde ihm nie verzeihen.

Unten am Haus beim Bach gibt Alessandro seiner Zigarette Feuer und löscht das brennende Streichholz wie tausendfach zuvor mit einer schnellen Handbewegung. Die *Telenovela* lenkt ihn ab und fordert seine volle Aufmerksamkeit. Arbeit wird er erst im nächsten Jahr wieder finden.

Tiziana im weissen Neubau am Hang verspürt die ersten Wehen und ruft voller Aufregung ihren Gianfranco an, damit er sie ins Spital in die nahe Kleinstadt begleiten kann. Im Kinderzimmer liegt alles bereit.

Angespannt stellt Angelo in seiner Garage den *Alfa* seines Nachbarn auf den Lift. Diese Reparatur wird er ihm nicht in Rechnung stellen können. Nur sie beide wissen warum.

Antonella, Angelos ehemalige Schulkollegin unten an der Hauptstrasse, liest die Lokalzeitung und träumt von einem Leben in der Stadt. Sie möchte allem hier entkommen, vor allem sich selbst.

Paolo denkt an seine Regina, welche nach Abschluss der am Wochenende zu Ende gehenden Sommersaison wieder täglich zu ihm ins Bett schlüpfen wird. Sein Bauch kribbelt.

Miranda, die Bardame, serviert Giuliano und Theodoro ein zweites Bier. Die drei haben sich in ihrer Bar jeden Tag Neues zu erzählen, auch wenn es gestern ähnlich geklungen hat.

Salvatore schliesst das Fenster im zweiten Stock des Hauses oben in der Gasse, schlägt Giuseppina ins Gesicht und schenkt sich nach. Ein stummer Schrei hinter kalten Mauern. Sie hat die Reisetasche längst gepackt, nur das Ziel fehlt noch.

An der Kreuzung im Hinterhof des Getränkehändlers streichelt Fabrizio seine rothaarige Katze und denkt dabei voller Wehmut an seine verschwundene Mutter. Die *schwarzen Männer*, sagt sein Vater immer wieder und legt Fabrizio tröstend seine schwere Hand auf den Kopf.

Im pastellgelben Haus beim Brunnen wartet Pasquale auf das Paket des Onlinehändlers, der ihr die passenden Schuhe zum Brautkleid liefern wird. Lucia nebenan wacht nicht mehr auf und in der Gasse dahinter saugt Gianmarco genüsslich die süsse Milch aus der Brust seiner Mutter. Der Tod und das pure Leben sind friedlich vereint.

Monte Tuttavista: Erst hier, ganz oben auf dem aufragenden Felsen, öffnet sich durch zwei ungleiche

Augenpaare der Blick hinter die Mauern der Häuser im Dorf an dessen schattigem Fuss.

Winter wandert

Schweisstropfen suchen ihren Weg über Winters Gesicht und finden ihre Bestimmung im hoch schliessenden Kragen seiner Funktionsunterwäsche. Sein Blick steht tief, aufmerksam auf den nächsten Schritt gerichtet. Die Schneeschuhe brechen die Spannung an der Oberfläche und seine Beine versinken mit einem weithin hörbaren Knacken unterschenkeltief im unendlichen Meer der Schneekristalle. Gleichmässig, zielgerichtet und einsam zieht Winter seine Trittspur hoch durch den Hang. Träge dem Frühjahr entgegendösende Lärchen sind seine einzigen Wegmale. Mit jedem Höhenmeter werden sie seltener und kleinwüchsiger, bis sie schliesslich ganz hinter ihm zurückbleiben. Winter ist alleine, nur Schnee unter, Himmel über und Gedankenverlorenheit in ihm.

Das Gelände wird flacher, der Atmen etwas langsamer. Gelegenheit für eine kurze Rast. Entgegen aller Vernunft und Warnungen hat sich Winter an diesem Morgen abgesetzt. Die grossen Mengen Neuschnee bergen eine gewisse Lawinengefahr. Zwischen den eng stehenden Bäumen im steileren Aufstieg und dem nun sanfteren Gelände der Weiden, welche die Talbauern im Sommer für ihre Schafe und Kühe seit Generationen nutzen, fühlt er sich sicher genug. Er musste einfach weg heute. Er nimmt sich Zeit, Zeit für sich selber, Zeit für den Versuch, Ordnung in seine gegen Jahresende immer schneller wirbelnden Gedankenfetzen zu bringen.

Die Schneewüste hier oben am Ende des grossen Alpentals unterscheidet sich wohltuend von Winters Alltag unten im hektischen und viel zu dicht besiedelten Wirtschaftsgürtel. Sein Handlungsradius, sein Feld an Kreativität dort gleicht einer knochentrockenen und im Spind vergessenen Scheibe Brot: kleinflächig, genussfremd, unnütz. Nach einer Nacht mit dünnem Schlaf wecken ihn Gedanken an seine Agenda weit vor dem Klingeln des Handys viel zu früh. Bei der Morgentoilette und dem hastig getrunkenen Kaffee eilt sein Kopf voraus und ist bereits im Büro angelangt. Planen, Varianten denken, Konzepte skizzieren.

Ein Arbeitstag gleich dem anderen: Zu viele Mails von Mitarbeitenden, welche nicht selber entscheiden wollen, füllen den Tag. Ergebnislose Sitzungen jagen sich, gegenseitige Beschäftigung hinter offenen Bürotüren ohne wirklichen Output, stets die innere Unruhe und Unzufriedenheit mit einem freundlichen Gesichtsausdruck kaschieren, abends mit Unbehagen ob der unerledigten Pendenzen das Büro verlassen, einkaufen und abgespannt nach Hause flüchten.

Hektische Betriebsamkeit und ein diffuser Ehrgeiz peitschen ihn dennoch vor sich her und durch seine Tage. Wofür eigentlich? Geld? Selbstwert? Oder ist es Feigheit? Der Preis ist hoch: bleierne Müdigkeit tagein tagaus, am Montag bereits ans Wochenende denken wie der rettende Griff nach einem zersplitterten Holzbalken neben dem untergehenden Schiff, viele falsche Entscheidungen, einige gescheiterte Beziehungen, in allen

Ecken lauernde Unzufriedenheit und die wachsende Erkenntnis, dass das eigene Leben nüchtern betrachtet ohne ihn selber stattfindet. Und auch so enden könnte, leer und einsam.

Bereits ist Winter am Fuss der ersten Felsbänder vor dem steiler werdenden Gipfelgrat angelangt. Das endlose Weiss unter ihm kontrastiert beruhigend mit dem wolkenlosen, tiefen Blau des Himmels. Weiss und blau wie der makellose Kiesstrand und das Meer bei seinem letzten Badeurlaub mit Michelle vor einigen – verlorenen – Jahren. Weiss und blau wie mitten im Fahnenmeer zusammen mit seinen Fussballfreunden an einem Heimspiel in der vorletzten Saison, kurz bevor ihn Michelle verlassen hat. Weiss und blau, wie...

Übergangslos findet sich Winter hellwach und ganz im Jetzt angekommen. Vor ihm kreuzt eine Spur seine hoch zum Gipfel geplante Route. Schneeschuhe ebenfalls, nur kleiner als die eigenen. Er stoppt und hebt den Blick. Tatsächlich, weit über ihm kann er Bewegung ausmachen. Regelmässig schiebt sich ein dunkler Punkt über die Schneedecke nach oben. Da hatte offensichtlich jemand eine ähnliche Idee und dasselbe Bedürfnis heute Morgen. Ausbrechen, loslassen, hochsteigen und verlangsamen.

Winter schwenkt in die bestehende Linie mit den Tritten ein und wandert weiter. Seine Schneeschuhe vergrössern die Dellen seines Spurenlegers vor ihm. Oder einer Spurenlegerin? Winters Schritte werden etwas kürzer, sein Puls aber steigt. Der neue, nun höhere Rhythmus fühlt sich gut an. Winter wandert der Sonne und einem flüchtigen Glück entgegen. Er wird das, was auf dem Gipfel auf ihn wartet, für einmal einfach geschehen lassen.

Hinter Hüllen

In einem langen, satten Strahl fällt das gelbe Nass ins kleine Glas. Dampf steigt auf. Hassan ist zufrieden mit der zarten Schaumschicht, welche den frisch aufgebrühten Minztee deckt. Sorgfältig giesst er das zweite, dann das dritte Glas auf. Sofort wärmt sich die Hand, welche das Trinkglas umfasst. Das leuchtend grüne Teekraut hat seine Wirkung im Metallkrug sichtbar entfaltet und steigt in seine Nase. Mit reichlich Zucker versetzt spendet Hassans Gebräu den Männern notwendige Energie und Flüssigkeit an diesem heissen, schattenlosen Tag hoch in den Bergen. Das kostbare Brennholz zwischen den Steinen hat seinen Dienst getan. Durch den Boden des Gefässes gaben die Flammen ihre Hitze ab. Auf dem Metall haben sie schwarze Spuren hinterlassen. Letzter Rauch steigt in einer dünnen Säule in die Bergluft und verflüchtigt sich in der Trockenheit. Stille überall, absolute Geräuschlosigkeit umgibt die drei Männer, welche sich unter dem – zwischen die Berggipfel gespannten Blau – in ihren *Djellabas* schweigend gegenübersitzen.

Etwas ist furchtbar falsch gelaufen. Die althergebrachte Dorfgemeinschaft wurde von der jungen Generation gerade hart auf die Probe gestellt, eine Verbindung, in der das Denken und Handeln der Menschen seit Generationen durch Religionsregeln bestimmt wird. Das Neuzeitliche schien vor Kurzem noch fern, hier hoch oben am Fuss der höchsten Gipfel des Gebirges, fernab der überlauten und schmutzigen Grossstädte im Norden und am Atlantik, erreichbar nur über staubige, holprige Kiespisten und unwegsame Maultierpfade, welche auf keiner Karte erscheinen.

«Von Isli fehlt seit gestern jede Spur», bricht der lokale *Caïd* das Schweigen der drei Männer. «Mit einer Ausnahme», fährt das Oberhaupt der Dörfer und Weiler in der Region der zwei Seen fort. Doch Hassan ist mit seinen Gedanken ganz woanders. Bilder seiner schlafenden Tochter als kleines Kind, sorgfältig eingewickelt in einem selber gewobenen, geschmeidigen Tuch am Rücken seiner Frau, laufen in ihm vorbei. Dann sie als junge, stolze Schülerin in leuchtenden Kleidern und schliesslich tränenlos weinend am letzten Sonntag zusammengekrümmt im Schatten seiner Lehmhütte.

Hassans Aufmerksamkeit für das Hier und Jetzt bricht wie stechende Sonnenstrahlen hinter den Wolken in jenem Moment wieder durch, als der *Caïd* sich an Mohammed richtet, einen Mann, der die Welt ganz anders sieht als er selber: «Tisli ist heute Morgen vor Sonnenaufgang zum anderen Bergsee aufgebrochen, kurz nachdem du dein erstes Gebet verschlafen hast. Auf seiner Matratze lag ein Zettel: *Inschallah*, so Gott es will, konnte ich seiner zittrigen Handschrift entnehmen. Nur das, sonst nichts.»

Hassan hat seine Tochter nicht zum Letzten gezwungen. Es war ihre Wahl. Aber eine Heirat mit Tisli, eine Verbindung zur Familie der Oualili, ist und bleibt auch für seine anderen Töchter und Söhne undenkbar, absolut ausgeschlossen. Zu schnell ist Mohammeds Sippe den vermeintlichen Segnungen der Moderne verfallen: Stinkende Autos statt Eseltransporte, stromfressende und wasservergeudende Waschmaschinen statt Saubermachen von Frauenhand an der Quelle zum *Hanehdour*, nervös flackernde Fernseher mit Bildern aus einer unbekannten Welt statt Abendgebete, enge und alles entblössende Bluejeans statt bunter, weiter und selbstgewobener Kleider. Nein, so haben Hassans Vorfahren bisher nicht gelebt und so werden sie auch in Zukunft nicht leben, *Inschallah*, und auch wenn es nach ihm gehen würde.

Und es geht nach ihm. Er und seine Väter und Grossväter sind seit Generationen stolze Berber, haben allen Vereinnahmungen durch fremde Herrscher unter Aufwendung von Blut und Tod immer wieder getrotzt. In und mit der Natur haben sie genügsam alles gefunden, um zu leben, einfach, ja, aber gut zu leben. Es gibt keinen Hunger an den kargen Bergflanken hier tief im *Hohen Atlas*, immer genügend sauberes Wasser, kleine Lehmhäuser mit Platz für alle. Sie spenden Schatten im Hochsommer und Wärme im schneereichen Winter.

Nein! hat er gesagt, als seine erstgeborene Tochter ihn um seine Einwilligung für eine Heirat mit diesem Tisli gebeten hat.

«Nein!» fährt es Hassan plötzlich über seine trockenen Lippen. Das Glas in seiner Hand ist erkaltet, der letzte Schluck Minztee schmeckt bitter. Eine Ehe hatte im Respekt vor den Traditionen der Berber zu erfolgen. Es sind die Familien, welche einander heirateten, keine einzelnen Menschen. Alles wird unter den Vätern geregelt und dann kann nichts schiefgehen. Das zeigt die Geschichte, und diese hat Recht in seiner Welt. Immer.

Die sehnsüchtigen Blicke seiner Tochter auf dem wöchentlichen *Souk* in Richtung Tisli sind Hassan nicht entgangen. Tisli und sein Vater, der hier neben ihm sitzt und schweigt, haben mit ihrem florierenden Dattelhandel reichlich Geld verdient und ein kleines Haus bauen können. Hinter den grauen Betonmauern soll viel glitzernder Chichi und ein gottloses Leben Einzug gehalten haben, erzählen sich die Nachbarn. *Zakat,* das gottesfürchtige Spenden von Almosen für die Armen, wird weniger, gebetet wird nicht mehr, gefastet nur halbherzig. Dennoch hat seine eigene Tochter, verhüllt hinter Kopftuch und langem Gewand, Gefühle für diesen Gottlosen entwickelt. Zwar wurde kein Wort gewechselt, wenigstens nicht vor seinen Augen. Seiner Frau hat Hassan klare Anweisungen gegeben, jeden Kontakt seiner Tochter zu Tisli zu unterbinden. Eine Beziehung vor der Heirat kam ganz grundsätzlich nicht in Frage, in seiner Familie nicht. «Die Liebe wächst noch früh genug», pflegte sein Vater zu sagen, als dieser sich mit der Familie seiner künftigen Frau damals in einem langen und von viel Respekt geprägten Gespräch über seine Heirat verständigt hatte. Beide haben mitgehört und ihr Schicksal widerspruchslos angenommen. *Inschallah.*

«Mehr gibt es nicht zu sagen», schliesst der *Caïd* das wortarme Gespräch der drei Männer rund um die erkaltete Feuerstelle.

«Doch», bringt Hassan ermattet hervor.

«Etwas möchte ich noch wissen. Was genau war die Ausnahme, von der du zu Beginn gesprochen hast?»

«Wo bist du mit deinen Gedanken, Hassan?». Die mandelfarbene Iris des Oberhaupts blitzt im klaren Weiss seiner Augen bedrohlich auf.

«Am Ufer des kleineren Sees oben im Grasland haben wir ein Mobiltelefon gefunden. Es gehört Isli. Gehörte Isli. Ihre letzte Kurznachricht hat sie an Tisli geschickt:

Lebe wohl! Wir sehen uns bald an einem anderen Ort! Inschallah!»

Fäulnis

Mehrmals tritt Christer auf das Starterpedal seiner himbeerroten Vespa, welche geduldig vor seinem kleinen Holzhäuschen am Kiesweg hinunter nach *Söderby* an ihrem Platz unter der Birke auf ihn gewartet hat. Der Roller ist stets vollgetankt und einsatzfähig. Ein Nummernschild fehlt. Die Kosten für eine Registrierung kann er sich sparen hier draussen auf *Gällnö* im inneren Schärengarten. Die 20 Einwohner der kleinen Insel kennen und helfen sich, wenn es notwendig, und schweigen, wenn immer es möglich ist. Der nächste Polizeiposten liegt zwei Seemeilen und ein zusätzliches Dutzend Autokilometer auf dem Festland entfernt in Richtung der Hauptstadt. Die Hand des schwedischen Staats reicht nur fürs Steuereintreiben bis hierhin. Dann aber packt sie so richtig hart zu.

Er will pünktlich beim vereinbarten Ort im *Närrskogen* eintreffen. Sie würde vom Schiffsanlegeplatz in der Bucht auf der dem Dorf abgewandten Seite einer Fussspur folgen und quer durch den Wald zum nahen Felshügel hochsteigen, ein bekannter Rastplatz, der der Sonne seine sanfte Rundung entgegenwölbt. Jetzt im Herbst sind die Sommerausflügler weg. Die Insel gehört wieder den wenigen ständigen Bewohnern und es kommt die Zeit, während der man sich hier draussen komplett in Ruhe lässt. Genau das ist es, was Christer und die anderen Aussteiger hergetrieben hat. Tun und lassen, nach was es einen drängt. Keine Kontrolle, keine Fragen, keine Erklärungen. Christer sieht man seine Vergangenheit sowieso nicht an. Der struppige Haarschopf und die verwaschene Latzhose lenken den Blick weg von seinen stahlblauen, schmalen und hellwachen Augen. Geld ist genug vorhanden. Das Polster aus seiner Zeit als Investmentbanker bei einem global tätigen Finanzinstitut reicht für zwei Leben, mindestens. Aber nicht für zwei Menschen. Deshalb wird er tun, was zu tun ist. Heute.

Es sitzt sich gut auf dem immer noch warmen Granit. Jedes Jahr hebt sich das Felsplateau hier in den Schären unmerklich einige Millimeter aus dem Meer, vor Jahrhunderten erst befreit von Eisschichten so dick wie Alpengletscher zu guten Zeiten. Der Meerwind versetzt die Blätter der Birken, Erlen, Eichen, Vogelbeeren und die Nadeln der Krüppelkiefern in unterschiedlichste Schwingungen. Nur die seltenen und dumpfen Schüsse der lokalen Rehjagd unterbrechen das zeitlose Rauschen im *Närrskogen* in diesen Tagen ab und zu. Christers Blick wandert über die Bäume vor ihm. Diese Vielfalt! Einige lugen erst wenige Zentimeter aus dem trockenen Boden und drängen erwartungsvoll gegen den Himmel. Andere haben bereits einige feuchtkalte skandinavische Winter überstanden und mehrere Astkränze gebildet. Sie alle werden überragt von den grossen, alles dominierenden Stämmen der wahren Überlebenskünstler im unübersichtlichen Schärengürtel vor *Stockholm*. Schlanke Weisse, knorrige und rissige Braune. Kein Baum steht zu nahe zum anderen. Eine ordnende Hand scheint den richtigen Abstand zu regeln, die gerechte Verteilung von Nahrung aus Boden, Luft, Sonnenlicht und Wasser, welche das Überleben jedes einzelnen sichert. Leben ist hier nur auf Distanz denkbar! Und dank ständiger Erneuerung. Sich nähren von den sich auflösenden Organismen der Sterbenden macht Wachstum erst möglich.

Baum oder Wald? Wenn doch jeder Baum ein Individuum ist, was macht dann den Wald als Ganzes aus? Gibt es ihn überhaupt oder ist er lediglich ein Konstrukt menschlicher Ordnungsbedürfnisse? Viele Bäume = Wald?

Diese Fragen gehen Christer nicht aus dem Kopf und er schlägt immer wieder einen Bogen zu dem, was er in seinem Land an Veränderungen beobachtet. Das hektische Treiben in der nahen Hauptstadt, der aufgesetzte Smalltalk, das aufgezwungene Wirtschaftssystem mit seiner Wachstumsgläubigkeit, von dem er zweifellos lange persönlich profitiert hat, eine fehlgeleitete Asylpolitik mit den unkontrollierbar wachsenden Ghettos in den Vororten, eine Gesellschaft voller geldgetriebener Egoisten, welche zusehends vermodert. Diese Entwicklungen haben ihn müde und stets müder gemacht und ihn, den erfolgreichen Berufsmann, nach *Gällno* in die Einsamkeit getrieben. Es hat eindeutig zu viele Menschen und zu wenig Stille in dieser Welt. Wie ist er dankbar für seinen radikalen Schnitt!

Baum oder Wald? Nur tausendfach gewachsene, gesunde Einzelbäume ergeben einen intakten Wald. Es gibt keine funktionierende Ordnung ohne widerstandsfähige Menschen. Christer hat in seinem Leben zwar schon öfter die Erfahrung gemacht, dass sich manche Sachen nicht erklären lassen. Das aber ist Christer klar geworden: Schau zu dir, übernimm Verantwortung für dein Dasein, auch wenn für dich nicht greifbar ist, wie das Leben wirklich zustande kommt, was es exakt ausmacht. Aber das ist eine andere Sache.

Er hat es sich nicht leicht gemacht bei seiner Entscheidung, keinesfalls. Dieser wachsenden Gefahr, diesem Eindringen in sein wohltuend einsames Dasein hier draussen, diesem Diebstahl von Emotionen, Spontaneität, Unabhängigkeit und materieller Freiheit musste er aber ein Ende bereiten. Die Frau wollte ihm zu nahe kommen, ihm Nährboden, Sauerstoff, Licht und Wasser entziehen.

Seine ordnende Hand stellt den richtigen Abstand wieder her.

Nun wird der bevorstehende Winter sein weisses Kleid über den Körper legen, der seine Bedrohung soeben verloren hat.

Christer erhebt sich von seiner blauen *IKEA*-Tasche unter seinem Hintern, welche ihn während seiner neuerlichen Gedankenpause vor Harzspuren und Ameisenbissen geschützt hatte. Er greift nach dem metallenen Gegenstand, der noch immer warm ist, bevor er sich zurück zu seiner Vespa davonmacht. Sein Blick geht nochmals zur starren Frauengestalt mit ihrem verzerrten Gesicht unten am Felsen im Gebüsch. Nahrung für Bäume, jeden einzelnen. Auf dass diese stark und stolz zu einem grossen Ganzen heranwachsen können. Und im nächsten Frühjahr schon ermöglicht Fäulnis neues Leben.

Castor und Pollux

Da sitzen sie also nebeneinander. Ihre weiten Gewänder aus Leinen berühren sich. Das eine in warmes Orange eingefärbt, stolz und aufrecht der muskulöse Körper darin. Das andere in blassem Blau, darunter kräftige, leicht gespreizte Beine, und die markanten Hände fahren durch das eigene Haar. Zwei gleiche Ungleiche.

Die beiden Zwillingsbrüder suchen nach einem geeigneteren Ausblick auf den farbigen Planeten mit seinen ständig mehr werdenden Menschen und lassen sich schon bald auf dem *Grossen Wagen* nieder. Dort richten sie es sich behaglich ein. Für einen Moment entledigen sich Castor und Pollux ihrer eigentlichen Aufgabe in ihrem eigenen Sternbild und erlauben sich einen kleinen Spass. Wer merkt das schon? Wer schaut denn noch zum nächtlichen Firmament hoch, auf der Suche nach letzten Geheimnissen des Lebens, wo doch das kleine Kästchen in der Hand der Menschen dort unten Antworten auf alle Fragen zu geben scheint? Wer weiss, wie die uhrwerkartig regelmässige, aber dennoch unergründliche Mechanik der Gestirne wirklich funktioniert?

«Mir gefällt, was gerade abgeht», bricht Castor das Schweigen. «Endlich wird gelebt! Spontan, lustvoll, eigenständig.» Und nun noch eifriger: «Weg mit den einengenden, luftabschneidenden Traditionen und der

Obrigkeitsgläubigkeit, hinein in eine leidenschaftliche, selbstbestimmte und überraschende Zukunft!»

Pollux schweigt lange, neigt bald den Kopf leicht zur Seite und hebt dann ruhig an: «Mir nicht, ganz und gar nicht, Castor! In der Zukunft sind alle alt und tot. Nur in der Vergangenheit bleiben Menschen jung und lebendig, weil sie sich in ihrer eigenen Geschichte auskennen und zurechtfinden.»

«Was hilft die Geschichte, wenn sich das volle Leben mit Händen greifen lässt, konkret und klar? Jetzt, hier und heute, sofort und jederzeit! Lass sie die Nacht zum Tag machen, die Lust ohne Verpflichtung geniessen! Lass sie die Haut mit Tattoos aus phantasievollen Zeichen zu Bildern farbig stechen. Sie haben die Wahl! Was interessiert das Morgen? Ich verstehe die Menschen auf dem kleinen Planeten unter uns nur allzu gut.»

«Möchtest du deine Seele verkaufen für ein bisschen Gaudi und Geld? Bedeutet Machen-was-du-willst wirklich ein gutes Leben? Das ist eines ohne Richtung, ohne Ziel, ohne Sinn!»

«Beim Zeus, unserem gemeinsamen Vater, lieber Pollux! Schau dir doch die Welt da unten an, wie sie heute ist. Menschen sind multifunktional einsetzbar, mehrsprachig, neugierig, freudvoll, global unterwegs, ...»

«... und nicht mehr bei sich selber zu Hause...»

«... dürfen Fehler machen, daraus lernen und neue Erkenntnisse für die nächsten Lebensschritte gewinnen. In deiner Welt wurde ihnen dafür früher der Kopf abgeschlagen!»

Pollux nickt kaum erkennbar und denkt nach. Mit seiner Antwort lässt er sich auch diesmal Zeit: «Die Rastlosigkeit der Leute und das ständige Ausprobieren zeigt doch nur die Sehnsucht nach verlorenen Idealen in einer Welt, welche gerade komplett umgekrempelt wird. Mir scheint, sie sollten sich auf die wahren Werte besinnen: Leben in und mit der Natur, in deren Rhythmus mit ihren wiederkehrenden Jahreszeiten und ihren Früchten. Bescheidenheit, Demut, Anstand und Hilfsbereitschaft.»

«Das ist von gestern, Pollux! Eine Welt voller künstlicher Intelligenz ermöglicht alles: Maschinen kommunizieren miteinander und nehmen den Menschen harte körperliche und öde Arbeiten ab. Kinder wachsen mit Robotern auf, welche ihnen das Leben öffnen und erleichtern, ihnen Sprachen und sie die Welt zu eigen machen lernen. Sie können jederzeit auswählen und sich spontan entscheiden. Freiheit und Freizeit wachsen. Was für ein Leben!»

«Erlebnisse erfährt man am eigenen Körper und nicht vor dem Computerbildschirm! Es ist doch pervers, dass Menschen Urlaub mit Digital-Detox-Yoga im Alpendorf buchen, als hilfloser Versuch, sich auf die eigenen Wurzeln zu besinnen und für einen viel zu kurzen Augenblick der täglichen Hektik verlorene Lebenszeit abzuringen. Die Welt da unten produziert vor allem irrelevanten Bullshit!»

Pollux wird lauter: «Schau, Castor, das frühere Leben war einfacher: Ordnung mit klaren Hierarchien und unantastbaren Autoritäten, Gesellschaften, wo

Frauen und Männern natürliche Rollen zukamen. Keine Homo-, Bi-, Pan-, Trans- und Weiss-der-Zeus-was für Sexualität. Die Erdenbürger vieler Länder da unten wählen wieder freiwillig politische Systeme, welche Einfachheit und Klarheit schaffen. Menschen sehnen sich nach Heimat, wollen Antworten, nicht offene Fragen, suchen Orientierung, nicht undurchsichtige Nebellandschaften in intellektueller Wischiwaschi-Sprache.»

Für einen Moment wird es still auf dem *Grossen Wagen.* Es bleiben zwei mannsgewordene, zarte Lichter, das eine warm und orange, das andere strahlt in klarem Blau. Castor und Pollux, zwei Suchende. Sie schauen sich in die Augen, lange und ernsthaft. Dann prusten die beiden Zwillingsbrüder gleichzeitig los, dass es donnert im All. Denn mit einem Mal wird ihnen die Absurdität ihrer Diskussion klar. Ein Wort gibt nun in rascher Folge das andere.

«Das Farbspektrum des Lebens ist vielfältig und grenzenlos, so wie unsere Heimat, das Universum.»

«Glücklichsein lässt sich nicht normieren. Es steckt in jedem drin, so verschiedenartig wie die Auslage eines Einkaufszentrums für Gedanken, Wünsche und Wahrnehmungen.»

«Wurzeln geben Halt.»

«Und Mut, Neues zu wagen.»

Castorundpollux, Findender. Er erhebt sich von seinem Sitz hoch oben auf dem *Grossen Wagen* und fliegt zurück an seinen angestammten Platz. Und nur ganz wenige Menschen haben bemerkt, dass da, wo sonst ein Zwillingsstern orange und blau leuchtet, für kurze Zeit nichts als Schwarz war.

Truly blue

Die Sonne hat sich zuerst hinter Wolken und später den bewaldeten Hügeln im Westen verabschiedet. Böiger Wind biegt die Äste und lässt sie in hohem Rhythmus zurückschnellen. Blätter flattern durch die Herbstluft quer über die Fahrbahn und klatschen gegen die Windschutzscheibe. Jeder Kilometer weiter hinunter ins Tal lässt den unrasierten Mann am Steuer tiefer in seinen Seelenschmerz versinken, begleitet vom aufkommenden Gewitter. Jorge Jackson haucht den Song vom Ufer des Mississippi durch den CD-Player seines alten Chevrolet Impala mitten in seinen Kopf und macht ihm sein Elend noch bewusster.

All night long, I just walk the street.
And I been losing weight because I can't eat.
I miss the warmth and comfort of being
in your arms.
I haven't shaved for days, I'm beginning
to look like a bum.

Die Scheibenwischer ruckeln vor seinem müden Gesicht hin und her, der Blick leer, voller Anstrengung auf das nasse Schwarz vor ihm gerichtet.

I'm homeless, I gotta make a new start.
I'm homeless, since you kicked me outta
your heart.

Gram schiesst durch sein Herz, erste Blitze zucken auf die, stets dunkelgrüner werdende, Ebene nieder, dumpfer Donner dringt ins Innere des Wagens und mischt sich mit dem einsetzenden Bass, der schwerfällig wie ein Bulldozer die abgestandene Luft und sein gequältes Hirn überrollt. Ein neuer Start mit der alten Liebe und raus aus der Heimatlosigkeit, das sind die Ziele seiner Fahrt durch die Nacht hinunter in die Stadt.

> *Deep down inside, I knew something was wrong.*
> *But I kept thinking our feelings were too strong.*

Dunkelheit nun überall. Die Scheinwerfer weisen ihm auf den letzten Metern den Weg zum unbeleuchteten Parkplatz.

Der alte Musikschuppen, vor Jahrzehnten aus einem Gewerbebetrieb am Rande der Industriebrache in ein stimmungsvolles Konzertlokal voller Holz und Trödel verwandelt, empfängt ihn schon vor der Türe mit Musikfetzen. Er ist zu spät. Ihm ist kalt. Es regnet und er tropft. Die Band hat sich zu den gefühlsgeladenen Songs ihres Konzerts vorgearbeitet. Zufall? Jedenfalls unterlegt das virtuose Fingerspiel des Hexers an der Hammond-Orgel Benny Latimores Nummer-Eins-Song mit der notwendigen Bedeutungsschwere.

Sit yourself down girl and talk to me.
Tell me what's on your mind.

Der Sänger vorne auf der Bühne röhrt gekonnt in sein Retromikrophon.

Don't you keep on telling me everything's ok,
cause if it was, then you wouldn't be cryin'.

Da! Da sitzt sie, alleine am runden Holztisch, weit hinten in einer düsteren Ecke des schwach beleuchteten Saals. Vor ihr ein grosses, leeres Glas, den Kopf in die Hände gestützt.

For the last five nights when we went to bed,
I could tell something just wasn't right.
When you turned your back to me and you
covered your head, you didn't even say good
night.

Er setzt sich zu ihr.

Let's straighten it out!

Nicht weniger als viermal durchfliesst der eindringliche Refrain den überhitzen Raum.

Lass es uns wieder in Ordnung bringen!

Genau das möchte er! Wie recht doch der Mann mit dem Blues in der Stimme hat!

Songs kommen und gehen, Drinks ebenso. Alte und neue Gedanken werden vorsichtig formuliert. Am kleinen Tisch wechseln wohlformulierte Worte die Seiten. Die Stimmung im Konzertlokal passt sich den Songs an, Moll dominiert über Dur, Alkohol über die Vernunft.

Der nächste Song versetzt ihre Füsse gemeinsam ins Wippen. Der Sänger mit der Hornbrille stimmt in den groovigen Mood ein.

> *I had a good reason for leaving,*
> *every women does.*
> *Such a good reason for leaving,*
> *every woman does.*
> *But baby, baby, baby,*
> *I forget what it was.*

Einen kurzen Moment, sind sie wieder im Einklang, schwingen die Gefühle des traurigen Mannes und der müden Frau unter dem schummrigen Deckenlicht der zu Ende gehenden Bluessession in der nassen Stadt synchron. Zu schön wäre es, wenn sie die Gründe für ihren Ärger vergessen hätte. Sie aber hat welche, leider nur zu gute. Das ist ihm auch unter der Schwere all seiner betrunkenen Körperfasern bewusst.

Der Himmel hat sich im Zenit der Nacht etwas aufgeklart. Der Mann steuert seinen roten Chevrolet langsam und vorsichtig die mäandernden Kurven den Hügel hoch nach Hause. Nach Hause? Wo ist sein Zuhause? Der Platz neben ihm im Wagen ist so leer wie einige Stunden zuvor. Immerhin hält ihn samstagnachts hier keine Streife auf und lädt ihn freundlich zum Blasen ein. Der Hauch eines Lächelns verabschiedet sich schnell wieder aus seinem zerfurchten Gesicht, als er Little Miltons wie eine lauernde Schlange dahinschleichenden Song leise mitsummt, passend zum erfolglosen Abend und den unkontrolliert dahinjagenden Gedanken in seinem müden Hirn.

When the weather gets cloudy,
you know that's a real good sign for rain.
When you go home and find your bedroom
empty,
that's another good sign for pain.

Und weiter:

When I got home this evening,
my dog was as quiet as he could be.
I could tell by the sad look on his face,
my baby has left my dog and me.

Der Schluss allerdings bricht seine Mauer voller Schwermut und er kann sich eines weiteren, kurzen Schmunzelns nicht verwehren.

They say dog is supposed to be man's best
friend,
but I don't know if that is really true.
I just looked everywhere for my dog and my
baby.
I think the damn' dog done left me too.

Er ahnt, was ihn in dieser Nacht, von der er sich, aus unergründlicher Hoffnung geschöpft, eine Rettung seiner Beziehung erträumt hatte, in seiner Wohnung erwarten würde. Er betritt die vor wenigen Stunden verlassenen Räume, Sorgen und Hoffnung mit zu viel Parfum zugenebelt, welches längst der Betriebsamkeit des langen Abends gewichen ist, und stellt sich der Realität. Harte Fakten vermischen sich in seiner Wohnung mit Zuversicht, eine Stimmung, welche Carson Whitsett in seinem Blues in gefühlvolle Worte zu fassen vermocht hatte, vor kaum zwei Stunden vom Mann auf der Konzertbühne als Abschluss in das dankbare Publikum hinausgeflötet.

There's a note by the bed,
saying time will tell.
But for now it's better this way.
It said no love on this earth,
is worth going thru hell.
The price is just too high to pay.

Tränen schiessen ihm in die Augen. Eigentlich hat er diese schon früher befürchtetet.

Feine, leise und spärliche Gitarrenzupfer, dazu schwebten präzise gesetzte und raumfüllende Orgeltöne über den Text, das Schlagzeug sorgte für den Herzschlag. Und dann diese Worte:

> *Well, goodbye is a word, that I've heard before,*
> *but the hurt has never hurt me this bad.*
> *So many times I watched you, walking out*
> *the door.*
> *But this time, I'm afraid it's the last.*
> *All I can do, is admit I've been a fool,*
> *but even a fool can learn.*

Truly blue!

Hector und das Wesentliche

Wenn die Luft dünn wird, werden Schritte kürzer.

Treppentritte wachsen zu Bergwänden, jede einzelne Radumdrehung zu einer ausgewachsenen Tour-de-France-Etappe. Die Höhe bringt Hector an seine körperlichen Grenzen. Was im Tiefland selbstverständlich und gedankenlos vom eigenen Körper einverlangt wird, muss im bolivianischen Hochland hart erarbeitet werden. In der dünnen Luft beginnt die Verdauung zu rumoren. Magen und Darm sind verwirrt ob der andersartigen Belastung und reagieren nicht so wie gewohnt. Jederzeit und überall muss Hector mit einer unpassenden Entleerung rechnen. Und trotzdem steigt der Hunger an. Unerhörte Kalorienmengen halten das System am Laufen. Weise, wer sich etwas Fettreserve angelegt hat.

Hector isst.

Die Luft ist staubtrocken hier oben in den Anden und Hectors Haut wird spröde, Risse überziehen seine Hände und seine Lippen. Wenn die Luft kalt wird, frieren die Schulkinder in ihren karg eingerichteten Unterrichtszimmern auf fast 4000 Metern Höhe. Da hilft nur eine wärmende Jacke und die Mütze aus Alpacawolle, nicht nur in der ungeliebten Mathematiklektion. Bitterkalt sind die Nächte drinnen, und draussen sowieso. Der Frost schleicht sich schlangengleich und lautlos selbst durch dicke Hausmauern und Wolldecken unerbittlich bis direkt in jeden einzelnen Knochen. Als ständiger Begleiter nistet er sich im Körper ein. Ihn wieder loszuwerden dauert etliche schmerzvolle Tage und Nächte.

Hector reibt sich die Hände.

Je höher Hector ins Gebirge steigt, desto weniger werden die Geräusche in der Nacht. Kein Vogelgezwitscher, keine zirpenden Grillen mehr, und ganz oben in der abweisenden Steinwüste fehlen sogar die streunenden und bellenden Hunde. Totale Abwesenheit von Tönen unter einer rabenschwarzen Kuppel voller leuchtender Punkte. Hundertausende, nein, Millionen von Himmelskörpern offenbart der ungestörte Blick durch die schadstofffreie, nur noch dünne Erdatmosphäre. Die Winzigkeit der Erde und die erschreckende Bedeutungslosigkeit jedes einzelnen Wesens auf dieser wird Hector mit einer erbarmungslosen Intensität bewusst. Noch bevor die Nacht sich über das Hochland gelegt hatte, präsentierte der Himmel bei Sonnenuntergang ein lückenloses Farbspektrum in sämtlichen Zwischentönen aus schwarz, blau, gelb und rot.

Hector staunt.

Wenn die Luft dünn wird, werden Gedanken flach und Sätze knapp. Das Wesentliche wird zum zentralen Lebensinhalt: Hunger stillen. Wärme suchen.

Gemeinschaft pflegen. Bescheidenheit üben und angemessenen Egoismus leben. Denn nur wenn es Hector selber gut geht, wenn jeder und jede Einzelne sich Gutes tut, kann es der ganzen Gruppe gut gehen.

Wenn die Luft dünn wird, rücken die bedeutsamen Fragen ins Zentrum. Wir befinden uns auf über 5000 Meter Höhe. «Was ist wichtiger», fragt Hector unvermittelt, «dort wo man geboren wird oder dort wo man stirbt?»

Stille bei seinen Zuhörern auf den Sätteln. Auch Hector kennt die Antwort nicht.

Wenn die Luft dünn wird ...

Kairos und Chronos

Eisige Düsternis liegt über der Stadt. Wind, so feucht wie Gischt am Hafenpoller, zieht durch die Gassen. Menschen eilen von Einkauf zu Einkauf und von der Arbeit nach Hause. Dick eingehüllt in Mäntel, gefütterten Jacken und Wollmützen schützen sie sich vor der beissenden Kälte. Nebel und scharfer Ostwind hüllen das Leben in eine abweisende, seelenlose Steinlandschaft. Wer kann, sucht zielstrebig die Wärme.

Er aber hat Zeit. Der Mann sitzt regungslos auf einem dünnen Kissen am Boden. Es muss einmal bunt geleuchtet haben, bevor es schmutzig und löchrig geworden ist. Sein Rücken wird von einer Säule aus Sandstein gestützt. Eine ausgetragene Stoffjacke hüllt den aufrechten Körper ein wie ein schützendes, steifes Stück Jute um empfindliche Pflanzen im Winter. Unter seiner schwarzen Schirmmütze blicken zwei wache, blaue Augen in dunklen Ringen aus einem Gesicht, das mich an einen Schafhirten in den Bergen erinnert.

Ich suche vergeblich nach einem beschrifteten Kartonschild, einer abgenutzten Tasse mit spärlichem Kleingeld darin oder der ausgestreckten Hand. Kein Hinweis auf unmittelbare Not, kein universal verständliches Zeichen von Mangel an Geld oder Nahrung, oder an beidem und vielem mehr, ist sichtbar. Niemand wirft hastig Almosen in einen Hut Richtung Boden, um die störend in unser Wohlbefinden eindringende, durch diesen Menschen manifestierte lautlose Anklage unseres Wohlstandes auf sichere Distanz zu halten. Der Mann sitzt einfach da, unverrückbar wie die Steinsäule dahinter, atmet gleichmässig und prüft die Gesichter der Vorbeihastenden.

Seine Augen treffen auf meine. Wir erfassen uns und verharren mit unseren Blicken aufeinander. Die Spielstätte hat nun einen Zuschauer. Niemand sonst scheint das stille Bühnenstück mitten in der Stadt wahrzunehmen. Kostenloser Eintritt.

Ich bleibe stehen und erinnere mich an eine der vielen Erzählungen meines Vaters über die griechische Mythologie am Mittagstisch, deren Bedeutungen mir erst viel später aufgegangen ist. Damals wollte ich nach dem Essen raus, Fussball spielen oder in den Wald gehen. Trotzdem hörte ich ihm zu. Ich glaubte, einen Zauber in diesen Geschichten zu spüren.

«Zeit hatte bei den Griechen zwei Bedeutungen. Chronos war der Gott der Zeitmessung. Kairos der Gott des richtigen Augenblicks», hob er in seinem pastoralen Singsang an, den ich von den Sonntagspredigten her kannte, wenn er zur schon damals spärlich versammelten Gemeinde von der schweren Eichenkanzel in der Dorfkirche sprach.

«Wenn du um halb zwei wieder in der Schule sitzt, misst Chronos die Zeit. Das ist genau..., warte kurz», und mit einer Armbewegung schob er seine lose sitzende Uhr zurück aufs Handgelenk, «in 35 Minuten und 10 Sekunden. Die Zeit läuft immer weiter, geradlinig, unaufhaltsam. Man kann sie messen.»

Dann zögerte er, blickte mir kurz in die Augen und fuhr fort: «Schon mit der Geburt gehen wir ... dem Tod entgegen.»

In seinem Gesicht war Ernsthaftigkeit zu erkennen. Ich hielt die Pause aus und wartete.

«Kairos hingegen ist Kunst. Kairos kann man sehen und spüren, aber nie messen und vergleichen. Kairos kommt und geht. Kairos ist wie Nala, deine Katze: Sie bestimmt selber, wann sie zu dir kommt und wie lange sie bleibt. Du kannst sie streicheln, solange sie da ist.» Er unterbrach sich, hielt inne und prüfte auf meinem Gesicht die Wirkung seiner Rede. Ich versuchte zu begreifen, den Sinn des Gesagten auf mein junges Leben zu übertragen. Das Gewicht seiner Worte liess mich erahnen, dass mein Vater Erfahrung haben musste in dieser Sache, dass die Zeit nicht nur in einer einfachen geraden Linie durch den Tag verläuft, in seinem Leben nicht alles schön nacheinander und berechenbar geschehen war und auch in Zukunft nicht geschehen würde. Da wartete wohl mehr auf ihn, auf mich, Besonderes, Unerwartetes, das Spuren hinterlassen würde: Mit Schulkollegen auf dem Fussballplatz ein Spiel gegen die ewigen Rivalen aus dem Nachbardorf gewinnen und das entscheidende Tor schiessen, oder der erste Kuss von Marianne, dem Mädchen an der Bachgasse, von dem ich beim Einschlafen immer wieder träumte. Was für Momente! Unbeschreibliche, schwerelose, leidenschaftliche, entscheidende, himmlische und höllische, kurze und nie enden wollende, einmalige, verfluchte, kolossale und widerliche. Ja, es gibt diese

Augenblicke, die aus dem Nichts auftauchen und dann wieder lange auf sich warten lassen, wie mir heute klar ist.

Mein Vater hatte noch keine dieser kleinen, flachen Maschinen mit Tasten und ihrer unsichtbaren Verbindung in die Welt des Wissens. Er speicherte gewaltige Datenmengen in seinem schmalen Kopf hinter der hohen, runzeligen Stirn, welche den Eindruck verstärkte, dass er sich in allem auskannte und seine Erinnerungen grenzenlos waren. Er trug mir vor, zwei verschiedene Stimmen mimend:

«*Wer bist du?*»
«Ich bin Kairos, der alles bezwingt!»

«*Warum läufst du auf Zehenspitzen?*»
«Ich, der Kairos, laufe unablässig.»

«*Warum hast du Flügel am Fuss?*»
«Ich fliege wie der Wind.»

«*Warum trägst du in deiner Hand ein spitzes Messer?*»
«Um die Menschen daran zu erinnern, dass ich spitzer bin als ein Messer.»

«*Warum fällt dir eine Haarlocke in die Stirn?*»
«Damit mich ergreifen kann, wer mir begegnet.»

«*Warum bist du am Hinterkopf kahl?*»
«Wenn ich mit fliegendem Fuss erst einmal
vorbeigeglitten bin, wird mich auch keiner von
hinten erwischen, so sehr er sich auch
bemüht.»

«*Und wozu schuf Euch der Künstler?*
«Euch Wanderern zur Belehrung.»

Dieses griechische Gedicht grub sich ein, nicht
weil ich mir die Worte damals am ovalen Kirsch-
baumtisch im Esszimmer hätte einprägen können. Aber
ein Mensch mit Flügeln an den Füssen, bei all den vielen
rückenbeflügelten Engeln, welche in einem Pfarrhaus in
allen Räumen und Ecken sitzen, ein kahler Hinterkopf
in einer Zeit, in der ein Coiffeur für Jungen und Männer
nur je einen Standardschnitt kannte, diese Bilder blieben, und später forschte ich nach den Ursprüngen, ein
Leichtes mit der kleinen, flachen Maschine samt den
schwarzen Tasten aus Kunststoff.

Ich tauche aus meinen Erinnerungen auf und
weiss, dass mich die Szene unter den Arkaden der kalten
Stadt nun doch etwas kosten würde: Überwindung und
Zeit, vielleicht auch mehr.
Noch immer fixieren wir uns gegenseitig, der
Mann am Boden und ich, der einsame Beobachter. Ich
packe die Haarlocke am Schopf, solange die Balken der
Waage auf dem spitzen Messer im Gleichgewicht balan-
cieren, gehe auf den Mann zu und spreche ihn an.

Kurze Zeit später finden wir uns in einer namenlosen Pizzeria in der Nähe seines Sitzplatzes in den Bogengängen wieder. Gerne hat der Schafhirte mit den zwei wachen Augen meine Einladung angenommen. Er schien darüber nicht erstaunt gewesen zu sein. Die Mütze liegt neben ihm auf dem Tisch. Er reibt sich die klammen Hände. Wir bestellen und ich komme zur Sache.

«Was denkst du über die Zeit? Was bedeutet sie für dich?», frage ich.

«Für mich bedeutet die Zeit eine ewige Suche nach einem Zuhause. Jeden Tag ist es dasselbe. Ich muss mich auf die Suche nach einem Ort machen, an dem ich schlafen und mich aufwärmen kann. Es ist ein ständiges Spiel gegen die Zeit, das ich meistens verliere.»

«Das tut mir leid. Aber du hast recht, die Zeit ist oft ein Feind. Sie kann uns daran hindern, unsere Ziele zu erreichen.»

«Ja, aber die Zeit ist auch ein Freund. Sie gibt uns die Möglichkeit, uns zu ändern und uns zu entwickeln. Wir müssen uns nicht immer ärgern, wenn sie verstreicht», ergänzt mein Gegenüber.

«Ganz genau. Die Zeit ist ein Geschenk, das wir nicht vergeuden sollten.»

«Richtig. Die Zeit ist ein Geschenk, aber wir müssen wissen, wie wir es nutzen können, um das Beste aus unserem Leben zu machen. Manchmal ist es besser, etwas zu warten, als sich in etwas zu stürzen, das man später bereuen könnte.»

«Wie wahr.»

Der Mann zieht seine Jacke aus, trinkt und nimmt das Gespräch wieder auf.

«Ich kann nicht behaupten, dass es mir an Zeit mangelt. Ich habe jeden Tag mehr Zeit als ich füllen kann. Ich kann mich oft nicht auf eine Sache konzentrieren, weil es so viele Dinge gibt, die ich machen möchte.»

«Wir müssen lernen, wie wir uns besser auf die wichtigsten Dinge konzentrieren können, anstatt zu viel Zeit mit unwichtigen Dingen zu verschwenden. Wenn wir unsere Prioritäten richtig setzen, können wir die Zeit besser nutzen, die uns zur Verfügung steht», sage ich. Es ist mein Versuch, unseren Austausch mit eigenen Erfahrungen zu bereichern.

«Schon, aber manchmal kommt es eben auch vor, dass wir zu viel Zeit haben und nicht wissen, was wir damit anfangen sollen.»

«Ich verstehe, was du meinst. Wir sind dazu verdammt, die Zeit zu nutzen oder zu verschwenden. Es ist ein Zwang, dem Lauf der Zeit zu folgen und gleichzeitig eine Chance, sie nach unserem Willen zu nutzen.»

Der Mann vor mir trinkt einen weiteren Schluck, überlegt und führt das Gespräch weiter.

«Ja, aber manchmal fühlt es sich an, als ob die Zeit einen Moment lang stillsteht und man nicht vorankommt.»

«Das Gefühl, dass die Zeit stillsteht, ist eigentlich nur ein Produkt unserer Gedanken. Wir müssen uns bewusst machen, dass die Zeit immer weitergeht, auch wenn unsere Gedanken das Gegenteil beweisen.» Mein

Gedanke erscheint mir wertlos, kaum habe ich ihn ausgesprochen.

«Für mich ist jeder Tag eine Ewigkeit. Jede Minute fühlt sich an wie eine Stunde. Jede Woche wie ein Monat. Ich habe das Gefühl, dass mein Leben an mir vorbeirauscht und ich nicht mehr dazu komme, es zu geniessen.»

Ein Gefühl von Schuld steigt in mir hoch und ich werde unsicher. Meine Rolle als Mensch, der auf der anderen Seite des Lebens steht, mitten im durchgetakteten Arbeitsalltag, scheint meinem Gesprächspartner aber zu gefallen. Ich spiele sie weiter.

«Ich kann deine Gefühle nachempfinden und verstehen. Man sollte sich fragen, wie man die Zeit nutzen will», sage ich.

«Das ist wahr. Ich versuche, jeden Tag zu schätzen, aber es ist nicht immer leicht. Ich kann nie wissen, wie viel Zeit mir noch bleibt.»

«Das ist ein echtes Paradox. Wir wissen nie, wie viel Zeit uns noch bleibt, und deshalb ist sie unser kostbarstes Gut. Es ist schwer, in der Gegenwart zu leben, wenn wir uns immer darüber im Klaren sind, dass die Zeit verstreicht.»

«Es ist wirklich schwer, weil jeder Moment, den ich verschwende, ein Moment ist, den ich nie wieder zurückbekommen kann.»

Mir fällt auf, mit welcher Wachsamkeit sich mein Gegenüber einbringt.

«Wie erwähnt wissen wir, dass Zeit manchmal knapp ist. Deshalb sind wir gezwungen, uns an Zeitpläne zu halten, um alles erledigen zu können, was wir erledigen müssen. Wie siehst du das?», frage ich.

«Sicher, aber es ist wichtig, sich auch Pausen zu nehmen. Denn wenn wir immer im Eiltempo leben, verpassen wir die schönen Dinge, die uns die Zeit bietet. Manchmal muss man sich selbst daran erinnern, dass die Zeit nicht immer so schnell vorbeigehen muss. Das mache ich hier in der Stadt täglich»

«Ich denke, das ist ein guter Rat.»

«Manchmal ist es auch wichtig, nicht nur an die Gegenwart, sondern auch an die Zukunft zu denken. Es kann einfach sein, sich in der Gegenwart zu verlieren, aber man muss sich ebenso an die Zukunft erinnern, an das, was noch kommen wird.»

«Genau, das kann Motivation sein, sich seine Zeit zu nehmen und zu nutzen. Wir müssen uns bemühen, jeden Tag etwas zu schaffen, das uns glücklich und zufrieden macht.» Ich sage es ohne Überzeugung. Zu oft misslingt mir der Vorsatz.

«Weisst du, manchmal habe ich das Gefühl, dass die Zeit mir entgleitet. Wenn du nicht genügend Geld hast, kannst du nicht frei entscheiden, wie du deine Zeit verbringen willst.»

«Das ist eine schwierige Situation, ja. Aber ich glaube, dass es Möglichkeiten gibt, wie man seine Zeit auch ohne Geld sinnvoll nutzen kann. Wie nutzt du denn deine Zeit, wenn du sie hast?»

«Ich versuche, die Dinge zu tun, die ich möchte, aber auch, die Dinge zu tun, die ich muss, um zu überleben. Ich muss jeden Tag dankbar sein für jedes Stück Zeit, das ich habe. Irgendwann bin ich hier wieder weg.» Mein Gegenüber verstummt.

Der Kellner bringt uns das Essen. Es riecht wunderbar. Einen lichten Augenblick sitzen wir schweigsam da und schneiden dann in unsere Pizzen.

Ich denke an meinen Vater, an den Mittagstisch im Pfarrhaus vor vielen Jahren und seine Erzählung aus dem alten Griechenland. Die Zeit steht für einen kurzen Moment still.

DIN Woche 43

Montag

Unruhiger Schlaf. Wecker. Müde. Duschen. O-Jus. Kaffee. Müesliflocken mit Heidelbeerjoghurt. Dazu Siebenuhrnachrichten. Regen? Schirm! Bus. Zug. Onlinenews. Bus. Lift. Büro. «Guten Morgen.» «Guten Morgen.» PC hochfahren. 17 Mails. Lesen. Löschen. Antworten. Telefon. Sitzung mit Projektteam. Combox-Nachricht. Telefon. To-do-Liste. Kaffee. To-do-Liste. WhatsApp und Instagram, privat. Konzeptpapier. Telefon. Hunger. Lift. Kantine. Thaicurry, zu mild. Mischsalat. Wasser. Kein Dessert. Menschenlärm. Lift. Büro. Konzeptpapier. Stockender Fortschritt. Ideen fehlen. Sitzungstermine checken, zu viele. To-do-Liste. Kaffee und Onlinenews. Mitarbeitergespräch. Kontrolle. Rüge. Müde. Neun Mails. Schon spät. PC herunterfahren. «Schönen Abend.» «Gleichfalls.» Lift. Bus. Zug. Bus. Regen! Schirm im Büro! Durchnässt. Haustüre. Kuss. Duschen, schon jetzt. Karottensuppe. Altes Brot. «Wie war's?» «Ganz ok.» Tagesschau. Meteo. Spielshow. Surfen. Sonntagszeitung fertiglesen. Ins Altpapier damit. «10vor10». Zähne schrubben. Zahnseide. Nachtanzug. «Gute Nacht.» «Gleichfalls.» Schnell einschlafen.

Dienstag

Traumloser Schlaf. Wecker. Schnell wach. Duschen. O-Jus. Kaffee. Müesliflocken mit Aprikosenjoghurt. Dazu Siebenuhrnachrichten. Kein Regen mehr. Bus. Zug.

Onlinenews. Bus. Lift. Büro. «Guten Morgen.» «Hallo.» PC hochfahren. Zwölf Mails. Lesen. Löschen. Antworten. Telefon. Notizen verfassen. Telefon. Chef im Büro. Aufträge. To-do-Liste ergänzen. Kaffee. To-do-Liste abbauen. WhatsApp und Instagram, privat. Sitzung, kurzfristig. Hunger. Sitzung dauert. Hunger. Endlich! Lift. Kantine. Rindsgeschnetzeltes. Nudeln. Broccoli. Ganz ok. Wasser. Kein Dessert. Lärm. Lift. Büro. Combox. Telefon. Telefon. Neues Konzeptpapier. To-do-Liste. Kaffee und Onlinenews. Auftrag für Mittwoch fertigstellen. Recherche. Augen brennen. Drei Mails. Schon wieder spät. PC herunterfahren. «Schönen Abend.» «Bis Morgen.» Lift. Bus. Zug. Bus. Wärmer als gestern. Und trocken! Haustüre. Kuss. Salat, reichhaltig. Frisches Brot. «Wie war's?» «Ok.» Tagesschau. Meteo. Netflix. Surfen. «10vor10». Duschen. Zähne schrubben. Zahnseide. Nachtanzug. «Gute Nacht». «Gleichfalls». Kein Sex. Länger wach.

Mittwoch

Wecker. Auftauchen aus Traumwelt. Verwirrt. Duschen. O-Jus. Kaffee. Müesliflocken mit Haselnussjoghurt. Dazu Siebenuhrnachrichten. Kühl, aber trocken. Bus. Zug. Onlinenews. Bus. Lift. Büro. «Guten Morgen.» «Ciao.» PC hochfahren. 19 Mails. Lesen. Löschen. Antworten. Telefon. Akten suchen. Antworten. Weiterarbeit am Konzeptpapier. Verärgerter Kunde. Ruhig bleiben. Kaffee. To-do-Liste: Was ist dringend? WhatsApp und Instagram, privat. Mitarbeiterin im Büro, überlastet. Hunger. Mitarbeiterin weint. Hunger, sehr!

Mitarbeiterin beruhigt sich. Lift. Kantine. Pilzrisotto mit Reibkäse. Mischsalat. Wasser. Gedanken anderswo. Kein Dessert, auch heute. Witze am Nebentisch. Lautes Lachen. Lift. Büro. Dringender Rückruf. Sitzungsvorbereitungen. Ideen! Gut genug? Nachfrage bei Mitarbeiterin. Heute alles gut. Kaffee und Onlinenews. Vertrauliche Infos vor Sitzung. Sitzung. Sitzen. Zuhören. Hahnenkämpfe. Geduld. Selbstkontrolle. Endlich. Reicht nicht mehr für den Sechsuhr-Zug. Letzte Mails. PC herunterfahren. «Schönen Abend.» «Danke, gleichfalls.» Lift. Bus. Zug. Bus. Wind. Haustüre. Partnerin weg. Alleine. Post. Auch von gestern. Ungeöffnet noch. Dann Früchte, Joghurt, Brot, ebenfalls von gestern. News im Internet. Zu müde, um zu Lesen. Sofa, hinlegen. Eindösen. Handy klingelt. Kollege. Nettes Gespräch. Duschen. Zähne schrubben. Zahnseide. Nachtanzug. Nachricht im Bett: «Wird später.» Einschlummern.

Donnerstag

Kuss. Sofort wach. «Alles gut?» «Alles gut.» Duschen. Wecker im Schlafzimmer. Nasse Fussspuren auf Parkett. O-Jus. Kaffee. Müesliflocken mit Naturejoghurt. (Kein Früchtejoghurt mehr.) Dazu Siebenuhr-Nachrichten. Sonnig, aber immer noch Wind. Bus. Zug. Onlinenews. Bus. Lift. Büro. «Guten Morgen.» «Hallo.» PC hochfahren. Acht Mails. Lesen. Löschen. Antworten. Mitfahren mit Arbeitskollegen. Autofahrt zu einem Kunden. Zuhören. Kritik und Forderungen. Antworten. Keine kurzfristigen Lösungen. Aufträge, viele. Rückfahrt. Kaffee unterwegs.

WhatsApp und Instagram auf Beifahrersitz, privat.
Hunger. Tiefgarage und dann direkt in Kantine.
Szegediner Gulasch. Rot, zu rot. Und scharf. Wasser.
Viel Wasser. Wieder kein Dessert. Wie immer: laut. Lift.
Büro. Protokoll verfassen. Anfragen und Lösungssuche.
Ideen, festhalten. To-do-Liste: Keine Chance heute.
Kaffee und Onlinenews, trotzdem. Letzte Mails, nur
dringende. PC herunterfahren. «Schönen Abend.»
«Gleichfalls.» Lift. Bus. Zug. Bus. Immer noch sonnig.
Kaum Wind. Haustüre. Kuss. Pellkartoffeln, Käse, Salat.
«Wie war's?» «Wie immer.» «Gestern Abend?» «Anregend.»
«Schön.» Tagesschau. Meteo. Musik im Schlafzimmer.
Duschen. Zähne schrubben. Zahnseide. Parfum.
Kerzen. Viel Zeit vor dem Einschlafen. Duschen,
nochmals. Nachtanzug. «Gute Nacht.». «Gleichfalls».
«War wunderbar.» Sofort im Tiefschlaf.

Freitag
Wecker. Erholt, entspannt. Duschen. O-Jus. Kaffee.
Müesliflocken mit Erdbeerjoghurt. Dazu Siebenuhr-
Nachrichten. Westwind und Wetterwechsel. Wolken.
Bus. Zug. Onlinenews. Bus. Lift. Büro. «Guten Morgen.»
«Hallo.» «Schönen Tag.» «Danke, gleichfalls!» PC
hochfahren. 28 Mails. Lesen. Lesen. Lesen. Löschen.
Löschen. Antworten. Telefone, viele. Chef im Büro.
Kurzbericht zum Arbeitsstand. Ganz zufrieden. Sitzung
mit Projektteam. Combox-Nachricht. Telefon. To-do-
Liste. Kaffee. To-do-Liste. Vieles erledigt. WhatsApp und
Instagram, wie immer privat. Konzeptpapier, endlich
wieder Zeit dafür. Im Flow. Hunger. Lift. Kantine.

Eglifilets im Bierteig, Salzkartoffeln. Mayonnaise. Wasser. Dessert, weil Freitag. Gute Stimmung am Nebentisch. Wochenendpläne. Lift. Büro. Erste Vorschläge für Kunde bereit. Aber: Lieferengpässe, leider. Wochenrapport. Ähnlich wie letzte Woche. To-do-Liste anpassen. Wochenplan für DIN Woche 44. Etwas früher fertig heute, hoffentlich. Kaffee und Onlinenews. Combox abhören. Nochmals fünf Mails. PC herunterfahren. «Schönes Weekend!» «Gleichfalls, danke!» Lift. Bus. Zug. Bus. Bedeckt. Haustüre. Kein Kuss, noch. Duschen. Umziehen. Wochenende! WhatsApp-Nachricht: «Bin bei *Carlos*. Kommst du auch?» «Ja, bin in 30 Minuten dort!» Bus. Fussmarsch. *Carlos*! Gute Wahl! Weisswein. Tapas, vielfarbig. Rotwein, fruchtig. Gazpacho, frisch. Conejo en salmorejo, perfekt, dann Natilas, etwas süss, aber egal. Zu viele Kalorien. Dann ins Kino, wieder einmal. Freitagabend, befreiend! Menschen in den Gassen, Lacher überall. Alles scheint möglich. Die Energie fliesst. Träume und Phantasie. Irgendwann nach Hause, weit nach Mitternacht. Voll, warm und nackt ins Bett. Arbeit? Weit weg. Für zwei Tage.

Lüchinger lässt los

Das kam so.

Lüchinger fährt zum nächstgelegenen Bahnhof, stellt den Wagen auf ein weisses Parkfeld, schwingt seine Reisetasche über die Schulter und wartet auf Gleis 2. Er ist sich bewusst, dass nun der Zufall entscheiden wird. Minuten später fährt ein Zug aus Richtung Hauptstadt ein und wirbelt Blütenstaub und Papierfetzen über den Asphalt. Lüchinger öffnet die Türe und nimmt in einem freien Abteil Platz. Schon bald fliesst die Landschaft hinter dem Fenster verschwommen wie ein Aquarellbild an ihm vorbei. Er weiss nicht, wo er wieder aussteigen wird, Lüchinger hat sich entschieden loszufahren und das Morgen dem Zufall zu überlassen.

Noch am Montag lagen drei gedankenschwere Nächte zwischen seiner Fahrt zum Bahnhof. Drei Nächte, in denen sein Entscheid reifen musste. Die Konturen seiner Gedanken traten messerscharf hervor in der ersten Nacht. Nochmals ging er die Menschen in seinem bisherigen Leben durch, welche ihm bei seinem bevorstehenden Schritt voraus waren. Da ist Fiona, welche ihren Mann durch einen zu frühen Krankheitstod und ihre Kinder auf deren unvorhersehbaren Lebenswegen ziehen lassen musste. Sie hatte ihm vorgemacht, wie man dennoch Zufriedenheit findet und lernen kann, keine vorgefertigten Erwartungen an das Leben zu haben. Oder Pius, der Typ, der seinen gutbezahlten Job an den Nagel hängte, für eine Saison in die Berge zog, dort endlich sein Buchprojekt auf Papier brachte und nebenbei seinen Traum vom Fliegen der Realität zuführte. Oder Maren, welche sich von ihrem Freund getrennt hatte und – bei aller Liebe zum neuen Partner – überhöhte Erwartungen in diese Beziehung über Bord werfen musste, dabei gleichzeitig aber wesentlich näher an sich selber, die ureigenen Bedürfnisse und Ziele herangekommen ist.

Immer wieder hatte Lüchinger sich – und das wurde ihm in der zweiten Nacht bewusst – sein Leben so zurechtgelegt, dass es ihm in seinen eigenen Ohren gefiel. Im Gespräch mit Freunden pflegte er Geschichten über sich zu erzählen, die nicht falsch, aber auch nicht wirklich richtig waren. Wirklich war nur das, was er gewollt, eigenständig gewählt und mit Überzeugung gelebt hatte. Und das war wenig genug bisher. Zu oft hatte er Kairos ungenutzt an sich vorbeiziehen lassen, die goldene Chance nicht erkannt, sie nicht beim Schopf gepackt. Wie damals, als seine Kollegen spontan zu einem Trip nach Asien aufbrachen, er aber glaubte, das Projekt – sein Projekt – in der Firma unbedingt fertigstellen zu müssen. Sie kamen anders zurück, lebendiger, besser. Später war da der Wunsch seiner Partnerin nach einem gemeinsamen Kind, das in seinem Leben damals keinen Platz zu haben schien. Nun lebt er alleine. Oder die Wut auf seinen Vorgesetzten, der ihn vor seinem Team lächerlich gemacht hatte. Er hatte den Mut damals nicht aufgebracht, sich zu wehren und seinen Stolz einzufordern. Noch heute fühlt er den Ärger in seinem Bauch.

Je älter er wurde, desto leichter fiel es ihm, über gewisse Kleinigkeiten hinwegzusehen. Eine Haltung, welche erst Neues ermöglicht. Die Gedanken in der letzten Nacht vor dem Aufbruch liessen keine Zweifel mehr: Er spürte, dass seine Unsicherheiten kleiner wurden, dass die Lust auf bisher Undenkbares stieg. Erst mit dem Loslassen wird bislang Unverfügbares verfügbar, das glaubte er nun zu wissen. Nur wenn er sich nicht gegen die Zukunft stemmte, würde er vorwärts gehen können. Nun war Offenheit erforderlich, um scheinbar Unvernünftiges und Unerreichbares endlich zu tun: Das Vertrauen, die Kanufahrt in Schweden und eine Wanderung durch das nordische Hochland zu schaffen. Die Verspieltheit, den Chinesisch-Sprachkurs zu belegen und sich auf eine völlig neue Kultur einzulassen. Der Mut, die Partnerbörse zu kontaktieren und Fortuna eine Chance zu geben. Die Lockerheit, sich über Barrieren im Kopf hinweg zu setzen und auf gesellschaftliche Herausforderungen von einer anderen Seite her zu blicken.

Nun sitzt er da. Der Zug rollt, weg vom Vertrauten. Wohin? Es ist egal. Denn das Wesentliche ist dabei in seinem Gepäck: Er selber.

So kam das.

Fragen an Tag und Nacht

Das Leben ist schwerelos und unfassbar, gleichzeitig schrill und bunt, kräftig wie ein schwarzes Loch, das alles zu verschlucken droht. Viele Fragen zu unserem Sein sind gestellt, aber viele wesentliche nicht beantwortet, nicht zu beantworten. Wird nicht genau deshalb so viel geschrieben von Menschen, die nachdenken? Schreiben, der immer wieder erwachende aber letztendlich hoffnungslose Versuch wirklich zu begreifen. Nur was sich in Worte fassen lässt, ist wahr. Worte über mich selber, die anderen, das andere und das, was das Andere mit mir macht. Alles untrennbar verwoben, fest verknüpft und deshalb so schwer zu entwirren, zu verstehen und zu erklären.

Fragen an den Tag

Unter dem Licht des Tages scheint alles klar. Farben, Bewegungen und Distanzen sind für alle sicht- und messbar. Das Auge dominiert unsere Sinneswahrnehmung. Es herrscht Vernunft und Kontrolle. Alles hat seine Norm und Ordnung. Wer etwas zu zeigen hat, zeigt es bei Tag. Die hellen Stunden sind ausgemessen, verplant, mit sinnhaften Schritten gefüllt. Der Tag bietet wenig Raum für Träume, Wünsche und Unausgesprochenes. Alles hat seinen Platz. Scheinbar. Denn auch der Tag lässt viele Antworten auf wichtige Fragen offen.

Und mit Fragen fängt alles an.

Ist Politik ein Konstrukt zum Machterhalt? Oder dient sie tatsächlich jedem einzelnen Menschen? Warum müssen Politiker gut reden können? Um zu erklären, dass die Freiheit der Menschen, für welche sie sich im Auftrag des Staates einsetzen, hier und dort eingeschränkt werden muss? Zu Gunsten der Sicherheit, die es doch gar nie geben kann? Warum gibt es seit gut 30'000 Jahren den Homo sapiens, aber erst seit 5'000 Jahren erste organisierte Königreiche?

Aufgaben in der Gesellschaft und Arbeit geben dem menschlichen Tun Sinnhaftigkeit: Muss er dafür wirklich Geld erhalten? Bis vor 2'500 Jahren gab es keines. Genügen Zufriedenheit und Bestätigung nicht als Lohn? Geld ist ein Segen, wer aber hat es wann zu einem Fluch gemacht? Muss es wirklich immer mehr sein? Wer findet den Ausgang aus dem Hamsterrad des Wachstums?

Bedrohen die vielen Atomwaffen in den Bunkern der Mächtigen die Menschheit mehr als die Folgen des Klimawandels? Viereinhalb Milliarden Jahre alt ist unser Planet: Wie lange sind wir Menschen noch Gast darauf? Wird es langsam oder plötzlich zu Ende sein? Was überlebt den Menschen und welches wird das letzte Lebewesen auf diesem Planeten sein? Was, wenn es den Armen und Ärmsten plötzlich besser gehen würde?

Zweieinhalb Millionen Jahre her ist es, seit Menschen in Afrika erste grobe Steinwerkzeuge hergestellt haben. Warum faszinieren Maschinen die Menschen? Warum stecken wir derart viel Energie in deren Weiterentwicklung? Wann wird es die Wissenschaft schaffen, mit den Lehren von Physik, Chemie und Biologie alles Materielle zu erklären und für die Menschheit gewinnbringend zu nutzen? Wann wird der erste künstliche Mensch als Mensch das Labor verlassen? Hilft dieser Durchbruch, den Planten zu retten?

Fragen an die Nacht

In der Nacht werden Konturen verwischt, Farben tauchen ab und die Dimensionen der Räume verblassen. Das Auge verliert seine Orientierung. Die Nacht macht das Undenkbare möglich, keine Kontrolle, keine Pflichten, das Überschreiten von Grenzen wird möglich. Lachen, Rausch und Lust gehören zu ihr. Etwas Gefahr und viel Verborgenes auch. Was nicht gesehen werden darf, geschieht in der Nacht: Abgrundtief Schlimmes und himmlisch Schönes. Die dunklen Stunden dehnen sich, geträumte Gedanken werden in kurzen Momenten zu Wirklichkeit. Die grossen Fragen des Lebens werden in der Nacht gestellt. Erkenntnisse daraus sind nie so wahr wie die aus der Nacht geborenen.

Mit Fragen geht alles weiter.

Ist die Wahrheit wahr? Was ist der Unterschied zwischen Wahrheit und Wirklichkeit? Wer entscheidet über Gut und Böse? Gibt es das überhaupt und warum suchen wir seit Ewigkeiten diese Zuteilung? Hat unser Universum ein Gehirn und kennt es ein Ziel? Kennt es die Wahrheit? Oder ist diese doch nur ein Konstrukt von Menschen auf dem möglicherweise einzigen bewohnten Sandkorn in dieser Unendlichkeit, um allem einen Sinn zu geben? Sind Menschen empfänglich für das Religiöse, weil sie in der Konfrontation mit dem Unerklärlichen eine Erklärung suchen?

Bin ich, was ich bin oder doch eher was ich zu sein glaube? Wie werde ich zu dem, was ich zu sein glaube? Wie siehst du dich? Aus dir heraus oder aus den Augen deiner Nächsten? Was macht uns zu mehr als einer körperlichen Verbindung von Chemie und Biologie? Ist das Leben es wert, gelebt zu werden? Wann beginnt man eigentlich wirklich zu leben? Als Embryo? Mit der Geburt? Oder erst dann, wenn man über das Leben nachdenken kann, wirklich ernsthaft nachdenken?

Was ist Recht? Wer weiss, was Recht ist und wer entscheidet darüber? Ist Recht, was ich für richtig halte? Und Unrecht ebenso? Lässt sich Recht wirklich in Worte, Sätze und Gesetze fassen? Benötigt jede Strafe ein Gesetz als Rechtfertigung? Und ist es richtig, dass ungestraft bleibt, wer gegen kein Gesetz verstösst? Ist nach dem Verbüssen der Strafe oder dem Zahlen der Busse die Schuld gesühnt? Hat Recht etwas mit Gerechtigkeit zu tun? Wer definiert beide?

Ist Kunst notwendig? Und wenn nein, wie sähe eine Welt ohne sie aus? Ist Kunst Therapie für Künstler? Ist ein Künstler nur ein Angestellter seiner selbst? Ist Kunst letztlich nur mehrfach gefilterte Wirklichkeit? Entsteht Kunst durch weglassen oder dazufügen? Durch beides oder ganz anders?

Und wieder wird es Tag.

Einfach vorbeifahren

Alles begann mit einem Zwanzigrappenstück. Das Portemonnaie seiner Mutter lag stets in einer Schublade in der Küche. Später waren es Fünfziger oder ab und zu Einfrankenstücke. Nie wurde er erwischt. Mit dem Luftgewehr, welches ihm sein Grossvater, ein leidenschaftlicher Schütze, kurz vor dessen Tod geschenkt hatte, löschte er das Leben von zahllosen Vögeln im Garten aus. Die Tiere, welche er vom Dach der Villa ins Visier nahm, hatten keine Chance. Dann Täuschungen und kleine Lügen, die für ihn harmlose Übertreibungen und Erfindungen verbunden mit einer Brise Abenteuer waren. Immer wieder: schlechte Schulnoten, vorgetäuschte Krankheiten, abgeschobene Schuld, nicht eingestandene Fehltritte. Eine Kindheit mit Hindernissen, Durchschlängeln, schön den Schein wahren, aber eigentlich ganz im Rahmen, ähnlich wie bei so vielen anderen auch. Lausbubenstreiche halt, Selbstfindung mit Grenzüberschreitungen, alles was zum Erwachsenwerden dazugehört. Heute ist er ordentlich verheiratet, Kinder, Ausbildung und Anstellung, Freunde, eine Wohnung, sein Mountainbike. Ein bürgerliches Leben, unauffällig.

Der helle Punkt am Waldrand gegenüber sticht ihm ins Auge. Selten genug findet er eine Abwechslung beim Blick durch das vergitterte Fenster. Blau, orange, weiss, schwarz und alle Mischformen daraus, wenn er auf dem Rücken seiner Schaumstoffmatratze liegt und durch die enge quadratische Öffnung schräg in den Himmel blinzelt. Drinnen verharrt alles in eingefrorenem, düsterem und zeitlosem Zustand. Den steilen Gegenhang mit dem Grasland und dem mit Sandsteinfelsen durchsetzten Waldstück darüber nimmt er immer wieder ins Visier, wenn er in der Zelle steht oder sich die Beine vertritt auf den sechs Quadratmetern, in denen sein Leben stattfindet. Das Fenster ist zu weit oben angebracht, um nach unten ins Tal zu blicken. Wie oft schon hat er diesen Hang studiert und die Veränderungen während der Jahreszeiten wahrgenommen? Weiss zuerst, dann matschiggrau, zartgrün, sattgrün, gelb und orange, am Ende braun. Und wieder weiss und grau. Mehrere Jahre lang, das sich verändernde Naturbild mit breiten, dunklen Eisenstäben in Quadrate geschnitten.

Und nun der helle Punkt, der sich bewegt. Recht zügig kommt er voran auf seinem Fahrrad. Es ist kurz vor Mittag, Werktag. Ein Mann nimmt sich die Freiheit, durch das abgelegene Tal mit seiner bekannten Strafanstalt zu rollen. Freiheit! Es wird noch einige Jahre dauern, bis auch er sie wieder haben wird. Welche Farbe wird sie tragen?

Alles begann mit einem Zwanzigrappenstück. Das Portemonnaie seines Vaters lag stets auf dem kleinen Tisch im Eingang. Später waren es Fünfziger oder immer häufiger Einfrankenstücke. Bis der Vater ihn erwischte. Die blauen Flecken waren tagelang zu sehen und schmerzten beim Einschlafen. Tief in der Nacht erwachte er wegen der Schreie drüben im Schlafzimmer. Oft hörte er seine Mutter auch nur weinen, stundenlang und leise. Am Morgen lag der Vater auf dem Sofa, in den Kleidern des Vortages, leere Flaschen vor sich. In der Schule legte er sich mit seinen Mitschülern an. Fäuste flogen und Blut floss. Dann Zigaretten und falsche Freunde. Erste Drogen, leichte, später harte. Die Nacht wurde zu seiner Bühne. Immer wieder unkontrolliert sein Verhalten. Und dann das Unglück: Die Klinge seines Klappmessers traf den Rivalen am falschen Ort. Dieser sackte in sich zusammen und stand nicht mehr auf. Die Ambulanz kam zu spät. Und nun ein Leben neben dem Leben, hinter Gitter.

Der erste Hügelzug mit Blick auf die Hauptstadt hatte ihn noch kaum gefordert, die Abfahrt auf dem rutschigen Wurzelwerk schon eher. Die Passage entlang des Waldrandes mit dem Blick auf die Strafanstalt im Tal ist Neuland für ihn. Die Route hatte er im Internet gesucht und er befährt diese heute erstmals. Das sonnige Spätsommerwetter und der freie Arbeitstag trieben ihn nach draussen. Nun wartet der zweite Anstieg, vom Talgrund hoch auf die bewaldete Rippe, mehrere hundert Meter Steigung liegen auf dem Kiesweg vor ihm, direkt neben dem Gefängnis führt er durch. Mauern, Stacheldraht darüber, Scheinwerfer wie überlange, wachsame Giraffenhälse über allem. In den hellen Mauern sind dunkle, vergitterte Quadrate einge-

lassen. Die Menschen dahinter bleiben für ihn unsichtbar.

Er fährt an der Abzweigung zum Metalltor
vorbei. Das ist Freiheit. Kein Blick zurück, Konzentration auf den Weg nach oben, weiter zur besonnten Krete,
Radumdrehung um Radumdrehung, Herzschlag um
Herzschlag, Atemzug um Atemzug.

Fremd

Abrupt bremst Roberta ihre Fahrt vom *Pico Ruivo* hinunter nach *Santana*. Mitten auf einem glitschigen Pfad bleibt sie stehen und zeigt auf das, was das Fremde hier schleichend anrichtet. Ihre bisher lebendigen und wachen Augen überzieht nun eine dumpfe Leere. «Menschen machen Fehler. Aber einige werden uns noch teuer zu stehen kommen.» Vor zwei Jahrhunderten wurde der australische Eucalypthus hier auf *Madeira* angepflanzt mit dem Ziel, den Boden zu verdichten und die Erosion zu verringern.

Generationen später sind die Folgen sichtbar. Die eingeführte Pflanze drängt den heimischen Gewürzlorbeer nach und nach zurück. Der fruchtbare, vulkanische Boden ist das ideale Nährbeet für die tiefen Wurzeln. Wie eine blutdurstige Zecke entzieht der Eucalypthus dem empfindlichen Lorbeer seine Lebensgrundlage und breitet sich auf dessen Kosten ungebremst aus. Sogar nach einem der zahlreicher werdenden Waldbrände entfalten sich die schlafenden Knospen tief in den angekohlten Stämmen und erwachen zu neuem Leben. Der so aus dem Brand geborene Nachwuchs gewinnt rasch Oberhand und dominiert die örtliche Natur. Einer der vier letzten zusammenhängenden Lorbeerwälder dieser Erde wird aussterben. Jahrtausendealte Zustände fallen fernab des Festlandes einer anderen Form der Globalisierung zum Opfer.

Unsere Gruppe lauscht betroffen. Niemand stellt Roberta Fragen. Wir steigen wieder auf die Sättel unserer Bikes. Die Klickpedale rasten mit einem metallenen Knacken ein und wir hängen bei der Weiterfahrt über nasse Steine und rotbraune Vulkanerde unseren Gedanken nach.

Afrika liegt der Insel deutlich näher als Europa. Und trotzdem ist Mutter Europa dem stolzen Fleck Land in vielem eng verbunden. Gezahlt wird in Euro, der schmackhafte Degenfisch auf dem Teller ebenso wie die Schuldzinsen an die Deutsche Bank. Die Zementlobby lässt sich schmieren und baut mitten in der Hauptstadt einen nutzlosen Wasserkanal oder ein überdimensioniertes Fussballstadion weit oberhalb der Stadt mitten im Wald, der immer wieder vom Nebel eingehüllt wird. Ronaldo sei Dank, dem Gott und Helden der Insel.

Bei der Mittagsrast klagt Roberta an: «Auf unserer Insel sind viele Mächtige korrupt. Geld ist zu wichtig geworden.» Die Natur kann sich nicht wehren. Weil es keinen Gewinn abwirft, die beim letzten Waldbrand vernichteten Flanken mit Jungbäumen zu bepflanzen, investiert man lieber in Hotelkolosse, Strassentunnels und Prestigebauten. Diese bringen schneller Bares. Kreuzfahrtschiffe ergiessen täglich mehrere tausend erlebnishungrige Menschen aus ihren Metallbäuchen in die überfüllte Altstadt und machen die Einheimischen gierig nach dem Inhalt der losesitzenden

Geldbörsen in den Taschen der alternden Eintages-touristen. Sie sprechen kein Wort Portugiesisch.

Dabei war *Madeira* vor noch nicht zu langer Zeit eine unabhängige, stolze Insel weit weg von neuen Einflüssen. Das Zuckerrohr hat die Menschen reich gemacht. Das niederschlagsreiche und ständig ange-nehm warme Klima liess Blumen in grenzenloser Farb-pracht und Duftvarianten wachsen, wie man sie sich kaum denken und wünschen kann: den blauen Nattern-kopf, Madeiras Stolz, dann Hortensien, Oleander, die afrikanische Liebesblume, leuchtendgelbe Gazanien, blütenweisse Callas und blutrote Fackellilien. Die Schiffe nach Mittel- und Südamerika, nach Afrika und Asien hatten hier angelegt und ihre Vorräte vor der wochenlangen und ungewissen Überfahrt aufgefüllt. Heute wird das Mineralwasser in Dreideziliter-Flaschen vom Kontinent über 1000 Kilometer hergeschifft und das Leergut wieder zurücktransportiert. Oder achtlos weg-geworfen.

Wir setzen unsere Abfahrt fort Richtung Steilküste im Norden der Insel mit ihrer dünnen Besiedlung. Immer wieder queren wir eine *Levada*, die reichlich Wasser führt.

Tragische Insel. Tiefgrün und fiebrig zugleich. Während die Pflanzensamen früher durch den Wind hierher gelangt sind, kommt das Unheil heute per Flugzeug und Schiff. Wir sind Teil davon.

Lüchinger kommt an

Der Schlüssel passt. Lüchinger öffnet die schwere Holztüre im Schatten des Hauses am Hang. «Immer die steile Gasse hoch, dann nach dem Ortsschild zweimal nach rechts», gab ihm die Vermieterin unten im Café mit auf den Weg. «Es ist das kleine Steinhaus direkt am Waldrand.»

Zwei Tage ist es her, seit er in den nächstbesten Zug gestiegen ist und sich hat treiben lassen. Zuerst folgte er den Zeichen seines Körpers – in *Genf* hatte er Hunger und unterbrach seine Reise für zwei Stunden –, dann gehorchte er der Not – in *Lyon* war spät abends Endstation seines Zuges und er verbrachte die Nacht in einem günstigen, lauten Hotel in der Nähe des grossen Bahnhofs –, später gab er dem Zufall Raum – in *Avignon* entschied er, sich an den Rücken einer älteren Dame mit rotem Rucksack zu heften und in denselben Zug zu steigen –, und schliesslich erkannte er den unscheinbaren Wegweiser in seinem schwebenden Tagtraum, stieg in *Carcassonne* auf einen Bus um und landete nach einer guten Stunde Fahrt in diesem kleinen Dorf am Fuss der Pyrenäen.

Er verliess ihn an der Endstation, stellte auf der Terrasse vor dem Café am Rande des Dorfplatzes seine Tasche neben den letzten Tisch und bestellte das Bier, auf das er sich schon länger gefreut hatte. Auf seine Frage nach einer ruhigen Bleibe bekam er von der Wirtin rasch Antwort. Die Männer mit ihren zerfurchten, von Wind und Sonne erodierten Gesichtern tranken ihren Pastis und schwiegen sich an. Zu ihnen wollte er auch gehören, nicht heute, aber schon bald.

Und jetzt, da er wieder eine Zukunft sah, wollte er verschwenderisch mit der gewonnenen Zeit umgehen. Spüren, wie sie verstrich, ganz bewusst, ohne dass er etwas tat, was er früher als Sinn des Lebens verstanden hatte. Spüren, dass er nicht mehr atemlos von einem Vorhaben zum anderen und damit stets einem neuen Ende entgegentrieb, seinem eigenen Ende letztendlich. Spüren, dass er Dinge aufschieben konnte, ohne dies später zu bereuen.

Warum hatte er diesen kleinen, unscheinbaren Ereignissen früher nicht mehr Aufmerksamkeit geschenkt?

In diesem Moment, als er das Flügelfenster zur Terrasse hin öffnet und die zartorangen Lichtstrahlen der Abendsonne in den dunklen Innenraum seiner neuen Bleibe dringen, kommt es ihm vor, als hätte er jahrelang darauf gewartet, dass das Leben nun doch endlich beginnen möge, als wäre er nie ganz anwesend gewesen darin. Worauf hatte er gewartet? Warum hatte er gewartet?

Hier am Rande des stillen Dorfes auf der mit dichtem Blätterwerk gedeckten Veranda seines Hauses am Hang findet er Gelegenheit zum Üben, die Gegenwart ganz Gegenwart sein zu lassen, seine Mitte zu finden, die Zeit anzuhalten: Während die Grillen zirpen, der Talwind aufkommt und drinnen Ray Charles leidenschaftlich *Doing His Thing* falsettiert, kann er die Vergangenheit ruhen lassen, nicht vergessen zwar, aber frei von Anstrengung loslassen ohne Erwartungen an die Zukunft, welche den Blick verengen, sich ganz diesem Moment hingeben und alles andere verwischen. Ihm wird klar, dass jedes winzige Detail im Jetzt seinem Leben eine Tiefe gibt, die es in seiner Vergangenheit zu selten gegeben hatte. Wie hatte er sich danach gesehnt, aber den Wünschen keine Taten folgen lassen, Opfer zu bringen, alles aufzugeben für den neuen Raum?

Hier will er für einige Zeit sich selbst sein, nur sich selbst, ohne Ablenkung, sich nicht nach aussen ziehen lassen, sich nicht wieder verlieren. Das ist alles, was in seinen Plänen Platz findet.

Inzwischen sitzt er auf dem alten, massiven Stuhl aus abgewetztem Olivenholz, das Rotweinglas schwenkt er in seiner Hand und blickt aus schmalen Augenlidern in die letzten Strahlen der untergehenden Sonne. Es wird ihm bewusst, welche Möglichkeiten, welches Geschenk in seinem vor zwei Tagen in seiner alten, ausgetretenen Umgebung angelaufenen Abschied liegt. Er giesst nach. Der Wein ist dort am besten, wo er wächst.

Er kann, ja er darf seinen Abschied nicht wiederholen, nicht verdoppeln. Der Bruch in seinem Leben ist einmalig. Jetzt ist er da, endlich, Abschied und Neubeginn in einem. Zart und verletzlich zwar noch, aber lebendig und real. Noch nie ist er derart bereit gewesen, seinem Leben einen Sinn zu geben.

Die Sonne ist nicht mehr zu sehen. Der Talwind flacht ab und die gedämpfte Wärme des Tages wird von Wald und Tal aufgesogen. Es wird dunkler, der Wein in seiner Hand schwer und warm.

Wünsche sind so überhaupt nicht aus einem Guss. Menschen sind voller Risse und Sprünge und leben auf verschiedenen inneren Ebenen, zu denen sie hinaufklettern und in die Tiefe stürzen. Grosse, weise Worte! So schliesst er Frieden mit seinem Gestern, es war und bliebt Teil seiner selbst. Aber die Bedeutung dieses warmen Abends, das Wettspiel der Grillen in der Wiese vor dem Haus, der Tanz der letzten Sperber über ihm im Himmel, sein Herzschlag und sein Begehren nach Raum und Sinn, das ist es, was er spüren will, was er spüren wird.

Er beginnt, die Langsamkeit zu lieben, mit der alles vor sich geht.

Leben auf Papier

Die Frau sitzt direkt vor mir im Bus, der uns in die Vororte der Stadt zurückbringt, ich in der letzten Reihe, ein Hochsitz über dem Heckmotor. Mein Blick streift von oben über ihren Hinterkopf, zufällig und flüchtig zuerst. Die Haare, dunkelbraun, lang, glatt, sauber, einzelne graue glänzen wie Silberfäden auf mattem Grund. Darunter bedeckt eine schwarze Lederjacke ihren Nacken und unauffällige Schultern. Das Kleidungsstück verschwindet hinter der grauen Rückenlehne des Sitzes aus Kunststoff. Mehr kann ich nicht erkennen, keine anderen Merkmale, kein Gesicht, kein Geruch, nur Haare und schwarzes Leder über einer unbekannten Gestalt.

Jetzt greift die Frau in ihre Stofftasche. Sie zieht ein dünnes Buch mit hellbraunem Einband heraus, öffnet es behutsam und beginnt darin zu lesen. Ich kann Wörter in schwarzer Schrift erkennen, handgeschrieben, geschwungen, die Buchstaben akkurat vorwärtsgerichtet. Die Distanz zwischen mir und dem Papier ist etwas gross. Nichts springt mir leicht erkennbar in die Augen. Sie blättert weiter. Soll ich meine Lider zusammenkneifen und mitlesen? Der Anstand verbietet es. Die Frau nimmt ihren Stift in die Hand und verharrt auf der letzten beschriebenen Seite. Sorgfältig und konzentriert setzt sie an und trägt schwarze Farbe unter einen angefangenen Text aufs Papier.

Viele müde Menschen sitzen im Bus und neigen sich über ihre Mobiltelefone. Auch wenige Bücher und immer seltener Zeitungen liegen in ihren Händen. Aber ein selbst geschriebenes, schmales Buch? Wer macht das heute noch? In der Öffentlichkeit? Warum?

Ich schaue mich um. Niemand beobachtet mich. Ich verenge meine Lider doch und beuge mich unmerklich vor.

Meine Morgensonne

Zwei Jahre habe ich dich nicht mehr gesehen. Du fehlst mir, jeden einzelnen Tag. Ich fühle mich leer und alleine ohne dich, wie ein schwarzes Loch und schwer wie ein Stein. Aber ich lebe! In dieser Stadt lerne ich Deutsch und habe eine kleine Arbeit. Mit vielen anderen Flüchtenden wohne ich in einem grossen Haus.

Was ich dir erzählen möchte: Damals musste ich plötzlich laufen. Überall waren Explosionen, Schüsse und Schreie. Ich sah viel Blut und hatte grosse Angst. Mit Naijm floh ich aus unserem Dorf. Ich hatte nur meine Kleider, wenig Geld und Milch in meinen Brüsten. In der Nacht schlichen wir über die Grenze. Wir mussten lange gehen, es war kalt. Ich war sehr müde und hatte Hunger. Naijm musste viel weinen und hatte Durst. Ich hatte kein Geld für das Schiff. So habe ich meinen Körper zu

Geld gemacht. Entschuldige bitte! Ich schäme
mich dafür. Auf dem Schiff hatte es viele andere
Menschen und kein Wasser. Die Fahrt dauerte
viele Tage. Naijm wurde krank, bekam hohes
Fieber und wurde schwach. Plötzlich hat er nicht
mehr geatmet. Naijm ist tot! Auch andere
Menschen auf dem Schiff sind tot. Mir fehlen die
Worte...

Wie lange habe ich der Frau über die Schulter gestarrt, auf ihren Text, den sie – wohl von einer Lehrerin korrigiert – in ihrem schmalen Buch sorgfältig ins Reine geschrieben hat? Während meiner atemlosen Lektüre hat ihre Hand den unvollendeten Text langsam weitergeführt. Ich lese wieder.

Du diese Brief nie lesen können. Ich nicht weiss,
du wo bist, du noch bist. Ich in Deutschkurs muss
schreiben ein Brief an wichtige Mensch. Du meine
Morgensonne wichtig bist. Du mir fehlst, fest.

Unvermittelt beendet die Hand das Schreiben, legt den Stift ins Buch, klappt es zusammen und beides verschwindet in der Stofftasche. Einen Busstopp vor meinem steigt die Frau aus. Flüchtig erkenne ich ihr Gesicht von der Seite. Arabische Züge, leerer Blick, kraftloser Gang. Ich traue mich nicht ihr nachzusehen.

Den kurzen Weg nach Hause nehme ich nicht wahr. Meine Gedanken, randvoll mit Adjektiven, bleiben wie feuchter Brotteig kleben an dem Frauengesicht hinter den dunkelbraunen Haaren mit den einzelnen grauen Silberfäden und dem unauffälligen Frauenkörper eingehüllt in einer schwarzen Lederjacke. Nicht mehr als einen Busstopp vor mir, in meiner unmittelbaren Nachbarschaft, stieg die Unbekannte aus.

Play back

Mehr gehaucht als geblasen vibrieren die Töne durch die Gasse am Hang. Wie eine kaum wahrnehmbare Parfumspur füllen sie die Räume zwischen den Mauern der Altstadt und schweben zum Ufer des Sees hinunter. Der massige Körper des Spielers gibt der Melodie eine unbeabsichtigte Resonanz, eine Kraft, für welche er sich zu schämen scheint.

Eingehüllt in einen eierschalenweissen Rollkragenpullover, eine offene, steingraue Daunenjacke und eine dezent darauf abgestimmte Cordhose bewegt er seinen Körper kaum sichtbar hin und her, als wiege er ein Kind sanft in den Schlaf. Die Augen sind verborgen hinter einer Sonnenbrille im bleichen Gesicht, der Kopf ist von einer zinnfarbenen Wollmütze bedeckt, als wolle er sich maskieren, von sich ablenken und mit seiner Musik nichts zu tun haben.

Nur zwei Dinge bringen Farbe in diese Szenerie oben an der *Via Cathedrale* nahe beim Bahnhof. Der offene, mit feuerrotem Samt ausgekleidete schwarze Instrumentenkoffer reckt seinen Schlund wie ein Raubtier gegen die wenigen Zuhörer, droht, den achtlos Vorbeiziehenden in die Waden zu beissen. «Bleib stehen! Hör zu, schau mich an! Lass dich einsaugen!», fordert dieser wortlos.

Das goldene, matt schimmernde Altsaxophon hebt sich vor dem Weiss des Pullovers ab wie ein Schmuckstück in den teuren Auslagen der Juwelier- und Uhrengeschäfte weiter unten in den mondänen

Gassen. Das Instrument scheint Herz und Gehirn seiner Kunst gleichzeitig zu sein. Darauf lenkt der Mann die Aufmerksamkeit.

Er ist nicht alleine. Hinter seinen Beinen verborgen lehnt eine schwarze Stofftasche an dem in einer Mauernische eingebrachten Brunnen. Diese Vertiefung wirkt, einer Apsis gleich, als natürlicher Verstärker des Klangteppichs, der sich aus dem darin verborgenen Lautsprecher verbreitet. Klavier, Bass, Drums und Tenorsaxophon spielen.

Eine Version von Benny Carters *I can't get started* verbreitet Schwermütigkeit. Darüber legt der Mann seine eigene Tonspur, zurückhaltend, eingefügt in die Lücken und sanft über das Playback gelegt. Etwas mehr Schwung dann mit *Blue Train* von John Coltraine, zügig vorwärts wie die meisten Fussgänger, welche am Musiker und seiner verborgenen Botschaft achtlos vorbeiströmen. Wie um sie dennoch in seine eigene Welt zu ziehen folgt das bleierne *Where are you?* von Dexter Gordon.

Der Mann schlängelt sich unaufhaltsam weiter durch den Tonwald aus dem Lautsprecher in der Tasche, ganz in sich gekehrt, ohne Mimik.

Einzelne Menschen klauben Münzen aus ihren Geldbeuteln, treten vor, beugen sich leicht und lassen diese aus kurzer Distanz ins Innere des Instrumentenkoffers gleiten. Kinder betteln bei ihren Müttern um Fünfzigrappenstücke und Männer werfen grössere Scheiben aus Distanz in den roten Samt, um mit dem

Aufprall Aufmerksamkeit für ihre Grosszügigkeit zu erheischen.

Doch der Mann in Grau regt sich nicht, spielt unbeirrt weiter und seine Augen bleiben verborgen hinter dem dunklen Glas. Zeichnet sich eine Träne auf der einen Wange ab?

Das Playback treibt ihn geradlinig durch seine Erinnerungen, durch die Stücke des letzten gemeinsamen Abends in Tallinn, durch *ihr* Set aus der Lautsprecherbox, dem er mit seinem Instrument eine Tonreihe der Traurigkeit beifügt.

Morgen ist er in Rom, irgendwo in den namenlosen Strassen, nicht wie geplant im unübertroffenen In-Lokal dort, dem *Casa del Jazz*. Heute Lugano, gestern war es Bern, vorgestern Lyon, am Mittwoch Brighton, die Tage zuvor in Kopenhagen, Berlin, Wien, Danzig, Krakau, Riga, Helsinki.

Euros und Cents sind es normalerweise, aber auch Kronen und Lew und Dinar und Zloty und Pfund lagen schon in seinem Koffer auf seiner einsamen Reise durch dieses so vielfarbige, offene Europa.

Offenes Europa. Wie zynisch!

Jede Zugfahrt in eine nächste Stadt, jeder Kilometer quer durch den Kontinent und jeder Auftritt zusammen mit dem Playback seiner Bandkollegen in der schwarzen Tasche versteht er als Trauerarbeit, seine Art, das Geschehene zurückzulassen, den klebrigen Saum an süssen Erinnerungen, an ein halbes Leben gemeinsam verbrachter Zeit auf den Bühnen schummriger Musikkeller und bekannter Klubs abzustreifen, als stummer Schrei und Mittel, den Blick nach vorne zu richten, auch wenn er früher zu wissen glaubte, dass es in seinem Musikerleben kaum Platz für zwei Leben geben würde.

Ihr Opener war unumstösslich gesetzt: *Caravan* wärmte die drei auf, Konzentration war vom ersten Takt weg gefordert, andernfalls lösten sich die von Duke Ellington und Juan Tizol gewollten Disharmonien nicht punktgenau auf, ein Zusammenspiel, das ihnen das pralle Leben bedeutete und sie in wenigen Minuten mitten in ihre sorgsam zusammengestellte Playlist brachte. *Take five* durfte ebenso nicht fehlen wie *Hit the road Jack*, zeitlose Meisterwerke, denen sie mit ihren Auftritten Tribut zollten.

Ethan setzte sich in dieser Sache immer wieder von Neuem durch. Ethan, der geniale Pianist in seiner Band. Als kleiner Junge hat es ihn mit seinem Vater aus New Orleans auf der Suche nach einer neuen Heimat in die Stadt im Osten Europas verschlagen. Die Frage nach dem Warum hatte er nie gestellt.

Sein Vater, das ist Arthur. *War* Arthur. Er, der Oldie im Quartett, streichelte seine Felle mehr als dass er sie klopfte. Der alte, hagere Mann sorgte für den Herzschlag in ihrem Klangkörper und hielt sie im Takt, auch dann, wenn sich die Band beim Improvisieren zu verlieren drohte.

Cooper hielt sich beim Zusammenstellen ihres Programms meist zurück. Ihm, dem mächtigen Jungen am Bass, etwas weiter oben am Mississippi als Ethan und Arthur aufgewachsen und ebenfalls in seiner Nähe hängengeblieben, waren die Auftrittsorte wichtiger. Er war der Einzelgänger in seiner Band und verbrachte die Nachmittage vor den Auftritten in der Stadt. Er sog die jedesmal ganz andere Stimmung gierig auf und liess dann am Abend der aufgebauten Energie freien Lauf.

Ihre Frühlingstournee stand fest, quer durch Europa, durch die besten Jazzclubs des Kontinents, lange geplant: *Porgy and Bess* in Wien, Krakau mit seiner *Harris Piano Jazz Bar*, das legendäre *Donau 115* in Berlin, dann die Schweiz mit dem unverwüstlichen *Marrians, The Loft* in Köln, auf der Heimreise Riga und das *Pashkevic*.

Jetzt aber kommt er mit dem Zug am neuen Ort an, alleine, wenn es noch dunkel ist. Die Städte erwachen, Menschen verlassen den Bahnhof auf dem Weg in ihre Büros oder in die Fabriken. Am Rand des Himmels über den Bahnhofshallen und Parks zeigen sich erste helle Stellen, dämmergrau zuerst wie seine Jacke, innert kurzer Zeit sonnenweiss wie sein Pullover, den er seit Tagen nicht mehr gewechselt hat.

Er zieht dann durch die Innenstädte auf der Suche nach einem geeigneten Ort für seinen einsamen, nein!, für ihren gemeinsamen Auftritt, bevor er sich in einem Café für diese nächste Etappe stärkt.

Der Abend vor vier Wochen – ja einen knappen Monat ist es nun schon her – der Abend im *Philly Joe's* an der *Vabaduse valjak* in der Altstadt von Tallinn. Es war *ihre* Art und *ihr* Ort, eine neue Tour zu starten, ein Heimspiel. Mit dem ersten Set hatten sich seine Kumpel, Ethan am Piano, Cooper am Bass, Arthur an den Drums und er selber in Stimmung gespielt, der Flow hatte gepasst, sie und die Konzertbesucher in Laune versetzt.

Sie waren mitten im zweiten Set, trieben Coleman Hawkings *Body and Soul* in einem vielleicht eine Spur zu zügigem Rhythmus vor sich her, als hinten an einem der kleinen Tische dreimal kurz nacheinander ein blendend weisses Mündungsfeuer das grelle Scheinwerferlicht mit messerscharfem Knallen durchzuckte.

Ethans Spiel stoppte augenblicklich. Er knickte vornüber, mit der Stirne auf die Tasten.

Cooper sackte in die Knie, schien sich einen Augenblick zu wehren, sank dann aber seitwärts und im Gleichschritt mit seinem Bass auf den Boden der Bühne, wo sich bereits zwei dunkle Flecken bildeten, welche rasch grösser wurden.

Arthur sass bereits nicht mehr auf seinem kleinen Stuhl und schien sich hinter seinen Trommeln und Becken zu verstecken.

Er selber wartete auf den vierten Schuss, erstarrt. Unbeholfen bewegte er sein Saxophon nach oben und presste es an sein Gesicht. Aus dem Augenblick wurde eine Sekunde, eine zweite, eine dritte. Erst jetzt durchrissen erste winselnde Laute und panische Schreie im Publikum die apokalyptische Ruhe im Raum.

«White - Live - Matters!» brüllte der Schütze und entfernte sich im aufkommenden Gemenge fluchtartig aus dem Raum.

Ethan sass unnatürlich vornübergebeugt vor seinem Klavier und die mit der Stirne gedrückten Tasten liessen die unkontrolliert in Schwung gesetzten Saiten langsam verklingen. Coopers Bass bedeckte seine Brust mit dem mächtigen Hohlkörper. Das Weiss seiner Augen setzte sich im Gesicht ab wie in einer dunklen Wand eingelassene Leuchtkörper. Blut rann aus seiner Nase. Arthur blieb verschwunden hinter seinen Drums.

Innerhalb weniger Sekunden wich das Leben aus den drei Männern. Und aus seiner Band.

Die Playback-Datei in der schwarzen Tasche am Brunnen stoppt und der Lautsprecher verstummt. Der Mann steht da, jetzt ganz auf sich alleine gestellt, und setzt zum letzten Song an. Coleman Hawkins *Body and Soul* ist sein Beerdigungsritual, auch heute, hier in Lugano.

Und morgen in Rom.

Nordsüd

Was ist wahr? Was bedeutet das Wort Wahrheit? Gibt es die Wahrheit überhaupt?

Was ich denke, ist wahr, eben weil ich es gedacht habe, ich selber, ganz für mich. Die Wirklichkeit interessiert mich nicht, nur die Wahrheit zählt, meine Wahrheit. So lege ich mir das zurecht.

Wenn mein Kopf Gedanken und Erlebtes in Ordnung zu bringen versucht und ich es – selten genug – in präzise Worte verpacken kann, wird Wahrheit daraus. Es ist die Kraft meiner Überlegungen, welche die Realität da draussen übermalt. Die Momente am Tag sind voller Energie und Klarheit, welche sich in Sätze fassen lassen, oft diffusen zwar, aber in Worte immerhin. Verunsichernd ist die Nacht und der Morgen darauf, wenn alles zu schweben scheint nach der Reise durch die Träume und die flüchtigen Bilderfetzen, wenn die verzerrten Gesichter und unfertigen Handlungen durch das aufgespannte Fangnetz des Bewusstseins zu entweichen drohen. Ich versuche es trotzdem immer wieder.

Die Stille im Haus scheint absolut. Lautloser kann Stille nicht sein. Nur der kleine Kompressor des Kühlschrankes durchbricht diese ab und zu mit seinem kaum hörbaren Brummen, wie um mir zu sagen, dass ich noch lebe und die Gedanken in meinem Kopf wirklich und kein Traum sind.

In dieser Stille darf ich nichts anderes tun. Ich versuche rein gar nichts anzusehen und muss alle äusseren Reize ausblenden. Nur so kann ich meinen Blick auf das ausrichten, was ich mir vorstelle, was ich zu sehen glaube, was an Gedankensplittern aus der Nacht noch im Raum schwebt und sich in eine greifbare Geschichte verweben lässt. Alle Ereignisse und Bewegungen ausserhalb dieses Raumes sind abwesend. Es ist dieses Verlangen, mutterseelenalleine zu sein, weit weg von allem Lärm der Menschen und der Arbeit, nur mit Büchern, Musik und Natur, was mir Kraft und Antrieb ist, Geschichten zu denken, wahre. Nicht als bemitleidenswerter Einsiedler, sondern als Glückskind, das sich zurückziehen darf auf den Moment, das eigene Menschsein.

Erst in dieser abgeschiedenen Lautlosigkeit bin ich ganz mich selber, intensiv verbunden mit dem, was in meinem Leben war, was ist und was sein könnte. Diese Stille macht mich selber laut, grell und stark, lässt die Konturen scharf werden und alle Farbnuancen deutlich hervortreten. Es ist wie ein Blick durch das Fernrohr und das Weitwinkelobjektiv gleichzeitig: Alles wird sichtbar, das Kleine und das Ganze. Ich selber werde sichtbar und alles was in mir ist und mich umgibt, wird zur Wahrheit.

Ich stelle mir vor, zwei Leben zu führen: Eines mit dieser Frau hier, mit der ich glücklich bin und das Leben führe, das wir führen, und eines mit jener Frau weit weg, mit der ich das Leben lebe, das ich mir ausdenke. Diese beiden Leben brauchen einander. Sie zusammen füllen mich erst ganz aus.

Und so bin ich überwegs in die langen Sommernächte, zum weiss gestrichenen Holzhaus, zum Wohnzimmer, in dem sie sitzen und auf mich warten würde, während ich hier zu Hause am Tisch, aufgeladen durch das wuchtige Bild vor mir, meine Gedankenreise in Worten festhalte. Ja, wo ist es nun, mein Zuhause? Was treibt mich in die Arme dieses ausgedachten Wesens, dem ich das grenzenlose Glück und die Abwesenheit aller Makel andichte, mit dem ich alle Lust dieser Welt teile?

Auf dem Weg in den Norden checke ich die News. Unweit der Bahnlinie, die mich mit jedem Atemzug näher an mein Ziel führt, sind vier Männer festgenommen worden. Zwei der Beschuldigten sollen in einem Gewerbepark ein 14-jähriges Mädchen vergewaltigt haben, während zwei von ihnen dessen Begleiter bedroht hätten.

Welche fiebrige Energie treibt Männer derart weit? Offenbar führt eine Urkraft immer wieder ein nicht zu steuerndes Eigenleben ausserhalb jeder Vernunft. Getriebene Macht und mächtiger Trieb zugleich, die Summe aller Genüsse und tiefste Abgründe begegnen sich in Schädel und Glied eines Mannes, dieser Männer.

Die Landschaft verändert sich und ich rolle weiter von Süd nach Nord, meinem Traum entgegen. Einen Moment schwebe ich an der Schnittstelle zwischen Hier und Dort.

Ich suche Ablenkung und wieder bleibe ich im bodenlosen Sumpf des Boulevards hängen. Ein Mann hat sich unter Drogeneinfluss selbst den Penis abgeschnitten. Der 47-Jährige habe darauf den Notruf verständigt und sei in ein Spital gebracht worden. Dort sei versucht worden, den Penis wieder anzunähen. Ob dies gelang und wie es zu dem Unfall gekommen war, sei zunächst unklar geblieben.

Unfall. Der vom Journalisten gewählte Begriff lässt mich ratlos zurück. (Eine Journalistin hätte das nie so geschrieben, denke ich.) Ist es ein Unfall, wenn ein Mann sich selbst genau dort verstümmelt, jenem zentralen Ort des körperlichen Ausdrucks von männlichem Trieb und Lust? Ein Unfall, etwa so, wie wenn man mit dem Fahrrad über den Bordstein stürzt oder beim Kirschenpflücken von der Leiter rutscht? Wie mächtig musste die Verzweiflung sein? Die Tat als Folge einer Psychose? War es die falsche Droge? Ich kann nur vermuten.

Nach dem Umsteigen stöbere ich in der achtlos liegengelassenen Gratiszeitung auf dem Sitz nebenan. Ein schiefgegangenes Fesselspiel eines Pärchens hat Polizei und Feuerwehr auf Trab gehalten. Der beteiligte Mann wählte gestern den Notruf, weil sich die Schelle an seinem Handgelenk nicht mehr öffnen liess. Die Polizei eilte mit Blaulicht zum Ort des Geschehens und informierte die Feuerwehr. Diese trennte schliesslich die Handschellen durch.

Kann man das Liebesspiel steigern? Muss es auch im Bett immer ausgefallener werden? Das Leistungsdenken in unserer Gesellschaft erobert die hinterste Ecke des Privatlebens und krallt sich sogar unter der Bettdecke fest.

In der grossen Stadt im Norden steige ich um und gleite mit dem Bus hinaus durch gleichförmige Wälder, vorbei an glattem Wasser, hinaus ins Niemandsland, hin zu der anderen Frau. Was würde mich erwarten? Ich stelle sie mir vor, ihr erwartungsvolles Gesicht, die klaren Augen.

Welches Leben ist das echte, das wahre? Jenes, das ich entschlossen lebe, um dem Gedachten mit all seinen Gefahren zu entfliehen? Nehme ich mich nicht überall hin mit, mit auch in das gedachte Leben? Mein nicht gelebtes Leben ist meines wie mein gelebtes.

Angst droht über mich Besitz zu ergreifen, die Angst, dass ich in der gedachten Welt lebendiger bin, sie mir mehr gibt und bedeutet, als die Realität.

In der Stille nehme ich einen ungewohnten Laut wahr. Für einen kurzen Moment tauche ich aus der Tiefe auf und richte meinen Blick über den Bildschirm auf das bunte Leben der Acrylfarben vor mir auf der mächtigen Leinwand. Ich suche Halt. Dieser Stuhl, auf dem ich sitze, dieser Tisch, an dem ich schreibe, mein Körper in diesem Raum scheinen unvermittelt wieder meine Wirklichkeit zu sein. Und doch ist da mehr, Wahrheit.

Neuerlich tauche ich ein, verlasse den Bus, gehe die letzten Meter zu Fuss. Die Haustüre steht offen und ich trete ein. Sie sitzt auf dem Sofa, rostroter Stoff, zwei Gläser auf dem Beistelltisch davor, eine Flasche steht geöffnet daneben. Musik. Sie schaut mir zu, wie ich die Jacke behutsam an den Bügel hänge, die Schuhe ausziehe und in den Raum trete. Sie sagt nichts, wartet und verfolgt aufmerksam meine Bewegungen. Ich mustere den Raum, Holzwände, gedämpftes Licht, betörender Geruch, der Boden mit Wollteppich belegt, das Feuer im offenen Kamin, üppiges Grün vor den Fenstern. Unsere Blicke treffen sich, verharren, verfangen sich. Ich trete näher, berühre ihren Hals. Meine Hände wandern weiter, immer weiter. Der Geruch ihrer Haut verbindet sich mit meiner Wärme und lässt uns nach und nach eins werden. Alles ergibt sich, als ob beide nur auf diesen Augenblick gewartet hätten. *Little Red Corvette!* Yeah, Prince, oh yeah! *Baby, you're much too fast.*

Auf meinen Schultern spüre ich zwei Hände. Sie gleiten über das Hemd zum Nacken. Fingerkuppen streifen durch meine Haare. Wieder löse ich den Blick von Tastatur und Bildschirm. Ich richte den Kopf auf und verfange mich aufs Neue im Farbenteppich des Kunstwerks vor mir. Ich geniesse und lasse es geschehen.

Wenn ich erzähle, was ich erlebt habe, weiss ich oft nicht, was ich erfunden habe und was wirklich passiert ist. Es scheint mir in diesem Moment nicht wichtig zu wissen, was wirklich ist. Der Text vor mir verschwimmt. Das rostrote Sofa und die beiden noch vollen Gläser verschwinden, Grenzen lösen sich auf. Es riecht anders, sie riecht anders. Blut schiesst durch meinen Kopf, meinen Körper, meinen Bauch.

Man beendet das Leben nur einmal, fängt aber mehrmals damit an, immer dann, wenn man etwas loslässt, habe ich irgendwo gelesen. Ich lasse los und fahre zurück, von Nord nach Süd, nach Hause, in die andere Wahrheit.

Grubers Zopf

Er füllte nach, sorgfältig und selbstbewusst, wie so vieles, was er in seinem Leben bisher anzupacken gepflegt hatte. Das massige, kantige Glas hob er zuerst unter seine Nase, langsam und mit Bedacht. Tief sog er die flüchtigen Stoffe ein. Nun führte er die Flüssigkeit an seine Lippen und erlaubte sich einen weiteren – grossen – dieser verführerischen Schlucke. Der *Lagavulin* entfaltete sein perfektes Spiel aus kraftvollen torfigen und fruchtigen Noten. Die Aromen ergriffen nach und nach Besitz von ihm. Aufmerksam wog er das Konzentrat in seinem Gaumen mehrmals hin und her und entliess es dann, auf Körpertemperatur aufgewärmt, genussvoll in seinen Schlund. Rundgeschliffen, warm und sinnlich kam daher, was die Natur, die Destilleriekunst und sechzehn Jahre geduldige Lagerung im Eichenfass auf der kalten *Isle of Islay* hervorbringt. Ein wundervolles Geschmackserlebnis! Erst jetzt stellte er das etwas zu grosse Glas wieder lautlos auf seinen Arbeitstisch. So verharrte er und liess Alkohol und Gedanken Zeit, deren Wirkung zu entfalten.

Eben hatte Gruber sein Manuskript nochmals vollständig durchgelesen. Was er las, offenbarte erst nach und nach seine Wirkungskraft, ebenso wie der Zaubertrank in seinem Körper. In sich gekehrt senkte er seinen Blick, weg vom Bildschirm seines Notebooks, und verlor sich in der Unendlichkeit seines Schreibzimmers im Dachgeschoss. Verstört liess ihn die Lektüre zurück.

Als ob er im Leerlauf ständig stärker auf das Gaspedal seines handgeschalteten roten MGs, der seit Wochen ungebraucht unten in der Garage stand, drücken würde, drehten seine Gedanken immer schneller. Die zwei Gläser Whisky schienen plötzlich keine Hilfe dabei, das endlose und unvermittelt immer wilder drehende Karussell seiner Gedanken zu stoppen. Ein fahles Gefühl in der Magengrube wurde begleitet von unvermittelt aufperlenden Schweisstropfen auf der Stirn. Der Strudel zog ihn nach unten, tief und tiefer, unaufhaltsam und bedrohlich. Gruber fluchte. Niemand hörte ihm zu.

Mit dieser, seiner Erkenntnis musste er selber zurechtkommen, das war ihm bewusst. Wie aber hatte er geschehen können, dieser Kontrollverlust? Sein Fundament, das was er sich als innere Richtschnur und als Werthaltung über Jahrzehnte aufgebaut und zurechtgelegt hatte, dieses Konstrukt, das er so stabil und unwettertauglich glaubte, schwankte gewaltig, zeigte Risse und drohte vor seinen Augen krachend einzustürzen. Ein Seufzer entwich seinem Rachen, begleitet von einem abstossenden Geruchsnebel aus säuerlicher Atemluft. Mehr schaffte er nicht mehr, nicht jetzt, jetzt noch nicht.

Aus einer flüchtigen Idee, aufgeblitzt letzten Herbst während einer zu anstrengenden, aber durchaus anregenden Bergwanderung war nach und nach ein konkretes Schreibprojekt entstanden. Noch am Nachmittag dieses Tages hatte er erste Leitgedanken zu Papier gebracht, auch wenn sich die Müdigkeit in seinen doch eher ungeübten Beinen bemerkbar gemacht hatte. Er konnte sich noch genau an die Wetterstimmung erinnern. Schmale, milchige Nebelbänder hatten sich sanft an den bewaldeten Hang geschmiegt, wie Rüschen an einem Rock. Ihn hatte der Gedanke gebrannt, die zarte Spur einer Erzählung in seinem Kopf in gedruckte Worte, Sätze, Abschnitte und Kapitel zu formen.

So war es immer mit seinen Büchern: Wenn Gruber von Literaturkritikern und Journalisten nach der Quelle seiner Plots gefragt wurde («Herr Gruber, wo holen Sie sich die Ideen für Ihre Bücher?»), gab er irgendeine Geschichte zum Besten, welche für jede und jeden verständlich und ebenso gut erfunden war. Mal inspirierte ihn eine flüchtige Erinnerung an frühere Begegnungen in seinem Leben voller Wendungen, mal ein Buch eines Philosophen, mal eine Onlinenachricht, dann wieder die zufällige Begegnung mit einem wild-fremden Menschen, oder – sein Favorit – die gedanken-gefilterten Eindrücke auf einer Wanderung oder Auslandreise.

Und so war es auch mit dieser Arbeit hier, in welcher er sich mit Haut und Haaren verbissen hatte. Sein Protagonist, Weber, krebskrank, gut betucht und einsam, hatte alles auf dieser Welt gesehen und noch mehr erlebt. Sein Leben neigte sich «dem Sonnen-untergang entgegen», wie er dessen Vertrauensarzt sagen liess. Nur gelebt hatte er nicht. Das was er, Weber, nun zwar wegen fehlender Zeit nicht mehr nachholen konnte, sollte am frühen Abend dieses – seines – Lebens wenigstens nochmals gedacht, beleuchtet und wohlwollend eingeordnet werden. Bis zu seinem Tod sollte er Frieden mit sich geschlossen haben. Weber erinnerte seinen Schöpfer, Gruber, an einen Schulkollegen aus dem Gymnasium, neben dem er nie gesessen hatte, dessen Fragen er im Psychologieunterricht jedoch für interessant hielt.

Es gab für ihn, Gruber, zwei Möglichkeiten, das Leben mit all seinen Sinnfragen zu betrachten und in seinen Büchern darzustellen: Die eine war, diese Zeit, welche sich Leben nennt, diese Jahre zwischen der Befreiung aus der Gebärmutter einer Frau und dem üblicherweise qualvollen Abgang vor der Einäscherung maximal zu nutzen und keinerlei Interessen mehr als jene am Leben selbst zu haben. Er könnte Weber als sein, Grubers, Ebenbild kurzfristigen Zielen nachjagen und ihn im Bad der Genüsse willenlos treiben lassen.

Oder aber: Sein Titelheld Weber wäre sich bewusst, dass es ein Leben ausserhalb des eigenen Lebens gibt. Er könnte ihm ein suchendes Interesse an Übergeordnetem, an den grossen Zusammenhängen, verworrenen Gedankenlabyrinthen und den alles umfassenden Sinnfragen andichten. Wozu das alles, wenn doch alles Zufall zu sein scheint? Das wäre eine mögliche Leitfrage in dieser Erzählung.

Gruber, der schreibende Genussmensch, dem alles so leicht zu fallen schien, war in seinen Werken stets auf der Suche nach diesem, seinem, Gegenpol, dem Erhellen des Dunklen, Ungeklärten, Verborgenen. Dem Sinnlosen versuchte er Sinn zu geben. War sein Erfolg in Beruf und Privatleben nicht doch mehr als reiner Zufall? Steuert eine unsichtbare Macht seinen Weg oder war er – und davon schien er, wenn nicht überzeugt, so doch unerschütterlich daran glaubend – selber verantwortlich für sein Glück? Sein bisheriges Leben hatte ihn in der Sicherheit wiegen lassen, dass alles steuerbar ist und ganz und gar in der eigenen Macht steht.

Und in diesem Schreibprojekt versuchte er nun das Unmögliche. Tief grabend verflocht er zopfartig seine eigene Biographie mit jener Webers, dem er die Attribute des Zweifelnden und Suchenden, des krampfhaft Hinterfragenden aneignete. Die Krebskrankheit, dieses unkontrollierte Verschlingen des Lebendigen, liess sich in dieser Form leicht erklären. Mit allen Mittel der Schreibkunst liess er die beiden Männer ihr Leben erzählen, das äusserlich verblüffend ähnlich zu verlaufen schien. Behütete Kindheit mit fürsorglichen Eltern, die ihr Bestes versuchten und rückblickend doch einige schicksalhafte Fehler begingen, solide Ausbildung mit Matura und Studium, erste Frauenbeziehungen mit wechselndem Erfolg, später dann doch Familie und Kinder, berufliche Weiterentwicklung auf Umwegen, aber stets vorwärts, einige tragende Freundschaften und erste Gedanken an die ferne Rente. Unter der Oberfläche rumorte es bei Gruber in Wirklichkeit jedoch gewaltig. Und darauf war er lange Zeit oft sogar etwas stolz:

Sobald er in seiner Rolle als Schriftsteller nicht mehr über sein Leben, das Leben überhaupt, nachdenken würde, wäre er wahrscheinlich an dessen Ende angelangt.

Gruber wusste, dass es auf einem Lebensweg hartnäckige Widerstände, schwarze Löcher und trübe Gedanken gab, nur, er spürte und erlebte diese selber kaum. Für ihn fühlte sich alles leicht an, es zog in einem steten Fluss zügig meerwärts, Hindernisse liessen sich mit einem Lächeln und viel Selbstüberzeugung überwinden. Darin war er ganz seine Mutter, die für alles eine Erklärung und eine Lösung bereitgehalten hatte und ihm viel Zuversicht auf seinen eigenen Weg mitgegeben hatte.

In seinem Werk suchte er die andere, ungelebte Seite seiner selbst. Gruber drückte diese Prägungen, so war er überzeugt, in brillanter Form aus. Er liess Weber von hohen Klippen angezogen sein, von abgrundtiefen Schluchten, endlosen Wüsten, einfach allem, was zu einem ernsthaft gelebten Dasein und seinen Hindernissen gehörte, immer und immer wieder. Wie Sisyphus versuchte Weber den übermächtigen Felsen von Neuem den Hügel hoch zu rollen, und kurz vor der Erhellung oben auf dem Gipfel entglitt ihm der tonnenschwere Stein und donnerte unkontrolliert den Hang hinunter. Schmerzvoller Neuanfang, immer wieder, aber aufgeben? Nie!

Nun ja, der Krebs...

Für Weber war vieles unerklärlich, so sehr er sich auch um Klärung bemühte. Immerhin flossen seine zermarternden Gedankengänge in einer Erkenntnis zusammen: Niemandem kann es gelingen, das Chaos des Universums, das keinen Gesetzen folgende Spiel von Mächten und Emotionen, zu erklären. Die fehlende Orientierung war der einzige Wegweiser darin. Und das, ja, genau das, war für Weber das eigentlich Tröstliche. Wer auch nur einen Moment nachdenkt, nüchtern, sachlich und analytisch, musste zu diesem Schluss kommen. Weber wusste, dass er damit nicht alleine war.

Gruber atmete schwer und erinnerte sich an einen aufkommenden Gedanken vor einigen Tagen – inzwischen waren die warmen, gedämpften Herbstfarben dem Grau und Weiss des Winters gewichen und der Frühling schien noch fern – den er allerdings rasch wieder beiseitegeschoben hatte. In seinem Schreibrausch hatte er damals kurz innegehalten. Irgendwann gegen Ende seines Manuskripts hatte sich im Leben seiner beiden unterschiedlichen Charaktere etwas Markantes verändert: Beide kamen unabhängig voneinander zur Erkenntnis, dass sie satt geworden waren, träge und müde. Und einsam. Wie viele andere in dieser erschlafften, seiner Meinung nach sich in jüngster Zeit subtil verändernden Gesellschaft, liess er, Gruber, sich selber nicht mehr dem Wohlstand, den Konventionen und dem Überfluss hinterherrennen und Weber wurde mit fortschreitender Krankheit nachsichtiger im Umgang mit sich selber. Etwas war in seinem Text in Bewegung geraten. Die Abgrenzungen seiner beiden Charaktere löste sich schleichend, nein, dramatisch auf.

All das wirkte bedrohlich auf Gruber, den Menschen mit dem Selbstbewusstsein eines Erfolgreichen, den Sohn gewissenhafter, rechtschaffener und regeltreuer Eltern. Denn alles, worauf Gruber sein eigenes und Webers ausgedachtes Leben ausgerichtet hatte und auf deren Werte er diese bei aller Unterschiedlichkeit aufbauen liess, verflüchtige sich wie warme Atemluft in den frisch verschneiten Winterbergen. Seine akkurat getrennten Lebenssträange vereinigten sich plötzlich zu einem einzigen, zu einem dicken, charakterlosen, der Neuzeit angepassten, matschigen Durchschnitt. Seine bisher so markante Individualität und jene des ausgedachten Webers klebten aneinander, kaum mehr zu unterscheiden. Plötzlich trug er zwei Namen in seiner Brust. *Gruberweber.*

Identität schien eine undurchschaubare, vielschichtige und widersprüchliche Angelegenheit zu sein. Diese Erkenntnis wurde ihm so bewusst wie reines Quellwasser, mit dem er sich seinen überhitzten und zugegebenermassen etwas schwammig gewordenen Kopf auf der Bergwanderung damals im Herbst gekühlt hatte, und diese Erkenntnis liess ihn verstört zurück. Ein undurchsichtiger und klebriger Nebel, genährt durch zu viel Whisky, legte sich darüber.

Natürlich suchte er in seinem Buch eine Annäherung an das andere Wesen, Webers Konstrukt, das ihm persönlich doch so fremd war. Selbstverständlich sollte jede Zeile seines Manuskripts auch eine Selbsterkenntnis mit sich bringen und die Veränderungen in der Gesellschaft im 21. Jahrhundert darin verwoben werden. Aber diese plötzliche Nähe, dieses plötzliche Verschmelzen der beiden Figuren, seinem realen Lebensgerüst mit dem erfundenen seines Gegenpols, dieses Entgleiten seiner bisherigen Werte, auf welche er bisher in grosser Selbstverständlichkeit gebaut hatte, das wollte, das durfte er nicht geschehen lassen. Da verdoppelte und verdreifachte sich vor seinen Augen gerade eine gewaltige Kraft. Das Fremde zum Eigenen machen, diese Verwachsung. Nein! Gruber war nicht Weber!

Er spürte es, atemlos nun: Dieser Text, dieses Manuskript, sein Werk, das war mehr als nur Buchstaben auf dem Bildschirm. In seinem Kopf und seinem Computer war ein Stück Wirklichkeit entstanden. Es gelingt nicht immer, in schriftlicher Form Dinge zu vermitteln, die sich anders nicht vermitteln liessen. *Was man schreibt, ist oft nur ein schwacher Abglanz dessen, was man hat schreiben wollen.* Das hatte er mal irgendwo bei *Houellebecq* gelesen. Nun wirkte es aber, als ob sein bisher tief verborgenes Innenleben gerade den Weg nach aussen, den Weg in Worte, Sätze, Abschnitte und Kapitel gefunden hatte.

«Ich. Ich bin. Ich bin ich!», hätte er sich am liebsten die Seele aus dem Leib geschrien, mehrfach, laut und verzweifelt.

Er schenkte nach, mehr als je zuvor, und liess seinen Tränen freien Lauf, welche sich in der weissen Landschaft draussen vor dem Fenster auflösten.

Sprachlos

Grisch und Brun

Viele Sagen ranken sich um das berühmte Felsloch exakt auf der Grenze zwischen den Kantonen Graubünden und Glarus und dem bewaldeten Steinreich auf der Hochebene zwischen *Laax* und *Trin*. Die bekannteste ist jene vom Schafhirten Martin, der auf der Glarner Seite im Dorf *Elm* seine Tiere hütete. Eines Tages griff ein Riese von *Flims* die Herde an und versuchte, einige Schafe zu stehlen. Doch Martin verteidigte seine Tiere tapfer und der Riese nahm Reissaus. Martin schleuderte dem flüchtenden Koloss seinen knorrigen Hirtenstab hinterher. Doch anstatt den Riesen traf der Stock die *Tschingelhörner*. Mächtiges Grollen und Poltern ertönte und eine gewaltige Felslawine donnerte auf der Flimser Seite zu Tal. Als der Staub des Trümmerstroms sich gelegt hatte und Ruhe eingekehrt war, war im Felsen ein dreieckiges Loch zu sehen, das fortan *Martinsloch* genannt wurde.

Heute weiss ich, dass sich der grösste Bergsturz der Alpen anders zugetragen haben muss. Es ging nicht um den dreisten Diebstahlversuch durch eines Riesen Mut und Wut auf der Glarner Seite, sondern um Eifersucht, eine Frau und zwei teuflische Männer auf der Bündner Seite. Einer von ihnen war einer zu viel für nur eine verfügbare Frau. Und es hat auch heute noch mit einer guten Waldfee zu tun.

Letzte Nebelschwaden liegen über dem Flimserwald. Zwischen Fetzen von feuchtem Grau erkenne ich
bereits das Blau des Sommerhimmels darüber. Ich
starte früh zu meinem Orientierungslauf an diesem
Morgen. 17 Posten warten, quadratische orange-weisse
Nylonschirme mit elektronischer Kontrolleinheit oben
auf dem Pfahl, sorgfältig platziert in diesem sagen-
umwobenen Flecken Erde hinter Felsen, in Senken und
Mulden. Ich werde diese auf selbstgewähltem Weg
möglichst schnell anzulaufen versuchen.

Bereits auf dem Weg zum Start fallen mir die
weiten Flächen mit weissen Blumen, die steilen Hänge
mit dichten, aromatischen Gräsern, grün umrankten
Einbeeren und rubinfarbenen Steinbeeren auf. Ein
farbenprächtiger Perlenteppich überzieht den Wald-
boden.

Mit Respekt starte ich zu meinem Unterfangen,
wähle meinen Weg mit Bedacht, kontrolliere Richtung
und Merkmale auf der Karte und vergleiche mit dem
Gelände. Rasch steigt der Puls an. Der Einstieg gelingt,
die ersten Kontrollposten stehen dort, wo ich diese
erwarte. Meine Schritte führen mich quer durchs Gehölz
tiefer ins Bergsturzgebiet. Es wird dunkler. Die Bäume
über mir sind nun offenkundig höher und dichter.
Rechts der kleine Stein, dahinter die Rippe mit den zwei
Felsbrocken und dem kleinen Dickicht gleich daneben.
Die Karte interpretiere ich richtig. Ich laufe in
Schlangenbewegungen weiter zum Hügel und weiche

Hindernissen auf dem Boden aus. Der Kompass zeigt die grobe Richtung. Nun bergauf über eine kleine, steinbestückte Ebene durch den Einschnitt zur Lücke im Felsen. Hier muss mich der nächste Posten erwarten. Ich atme schwer.

Kein Orange. Kein Weiss. Kein Posten. Nur unzählige Bäume, zartgrüne Gräser in den trockenen Tannennadeln unter meinen Laufschuhen, Dutzende von Felsen deutlich grösser als ich, irgendwo weiter unten in der markanten Talmulde erahne ich den glänzenden, smaragdgrünen *Caumasee* durch das Meer von Stämmen. Ich versuche mich zu orientieren, meinen Weg auf der Karte nachzuverfolgen, gehe einige Schritte zurück, suche unter den bedrohlichen Felsen unter Kappen von Moos und Heidelbeerkraut jene Anhaltspunkte, an denen ich mich mit meiner Karte orientieren könnte. Unvermittelt sieht alles gleich aus. Was ich vor wenigen Augenblicken an Merkmalen und Signaturen noch eindeutig dem Gelände zuordnen zu glauben konnte, verschwimmt zu einem undefinierbaren Gewirr von schwarzen Punkten unterschiedlicher Grösse, wild mäandernden, braunen Linien und verschieden grossen grünen Flecken.

Die Zeit verrinnt, ich versuche der Planlosigkeit zu entkommen, drehe meinen Kopf nach links und rechts. Wo sind die lieblichen Sonnenflecken im lichten Grün geblieben, welche mir eben noch den Weg wiesen? Wo ist mein klarer Kopf mit einem ebensolchen Plan zum Finden des Postens? Warum meine ich, übergangslos, tiefe Höhleneingänge im Schatten der riesenhaften

Gesteinsbrocken zu erkennen? Ich stehe in einem düsteren Friedhof mitten in den Mahnmalen eines gewaltigen Naturereignisses und finde nicht mehr heraus.

«Mist! Verirrt! Ich habe mich verloren!», höre ich mich gereizt sagen.

«Es wird immer wieder geschehen auf unserer Welt, dass Unschuldige Opfer des Bösen werden.»

Flüstert da jemand? Zu mir? Hinter dem Baum dort? Irre ich mich?

«Es genügen dazu Augenblicke der Unbesonnenheit oder der Bedenkenlosigkeit.»

Wie wahr!

Ich bleibe stehen, angewurzelt wie die Bäume rundherum. Der Puls schlägt mir hart gegen die Schläfen und ich schärfe die Ohren.

«Ist da jemand?», hauche ich in den Wald.

«Was bist du für ein armes Geschöpf, und ich bin traurig, dass ich dir gestehen muss, nicht imstande zu sein, dir deinen Weg zu weisen. Sieh, ich bin nur eine Waldfee mit beschränktem Zauber. Ich kann nur kleine Teilwunder vollbringen.»

Träume ich? Welches Schauspiel baut sich da vor mir gerade seine Waldbühne auf? Ich lasse mich auf das Gespräch mit der unsichtbaren Stimme ein.

«Die vielen Felsen! Ich habe mich verlaufen.»

«Lass mich nachdenken, wie ich dir irgendwie behilflich sein könnte.»

«Gerne. Brauchst du lange dazu?»

«Nun, wenn du wissen möchtest, wie diese Gegend zu einem Trümmerfeld teuflischen Ausmasses geworden ist, muss ich etwas ausholen. Kartenlesen aber kann ich nicht.»

Eine Orientierungsläuferin hastet in Rufweite an mir vorbei und ich wende verschämt mein Gesicht ab. Es ist mir peinlich, meine Orientierungslosigkeit vor anderen zu offenbaren.

«Ja, bitte. Ich habe Zeit.»

«In den urältesten Zeiten, als noch Urwälder durch die Gegend von Flims wucherten, sandte der Böse zwei Steinteufel aus, um ihn dort zu vertreten. Sie waren so gross wie Wolkenkratzer heute und ernährten sich von Steinen, die sie mit ihrem unheimlichen Gebiss zerkauten, wie unsereiner Brötchen. Doch so gewaltig ihre Körperkraft auch war, ihr Verstand verlor sich fast völlig in ihren immensen Schädeln. Der eine dieser Riesen hiess Grisch, der Graue, und er liess sich in der Gegend des *Piz Grisch* nieder. Sein Bruder Brun, der Braune, nahm Quartier hinter dem heutigen *Flimserstein.* So hockten die zwei Ungetüme faul in ihren Revieren herum und vertrieben sich die Zeit, indem sie mit Steinschleudern auf allerlei Ziele schossen. Aber schon bald langweilten sie sich schrecklich.

Eines Tages entschloss sich Grisch, eine Frau zu suchen. Er wanderte quer über den Berg und gelangte so ins heutige Glarnerland, wo er nach einigem Suchen auf eine Familie von harmlosen Bergriesen stiess. Er trat hinzu und wählte sogleich die grösste der Töchter für sich aus, fasste sie am Handgelenk und rief zum Riesenvater: Die nehme ich!

Aber so mir nichts, dir nichts wollte der Vater seine Tochter nicht hergeben und er fragte: Was bist du? Was hast du?

Ich bin der gewaltige Steinteufel!, brüllte Grisch und frass zum Beweis ein paar Steinbrocken auf. Dann lachte er so laut, dass die Luft zitterte, hob einen Felsen hoch und schleuderte ihn gegen die spitzen Bergzähne, die heute *Tschingelhörner* heissen. Es krachte, splitterte und donnerte. Das Geschoss hatte den Berg durchschlagen, in einem der *Tschingelhörner* gähnte ein Loch. Dort hinten ist mein Reich!, schrie der Steinteufel. Ich habe euch ein Fenster gemacht, damit ihr es euch ansehen könnt!»

Die leise Stimme bricht einen Moment ab und fragt dann: «Spannend, nicht? Willst du weiterhören?»

«Ja, gerne. Fahr weiter!», antworte ich. Mein Kopf ist auf die unsichtbare Stimme vor mir gerichtet. Ich lausche gebannt.

«Nun packte er das Mädchen einfach auf seinen Rücken und machte sich grölend und lachend auf den Heimweg. Damit hatte Grisch nun eine Frau. Weil sie aber keine Steinteufelin war, ass sie Tiere, die er mit seiner Schleuder erlegte. Über ihren Gemahl war sie nicht sonderlich erbaut, aber es blieb ihr nichts anderes übrig, als sich mit ihrem Schicksal abzufinden und sich an die Grobheiten von Grisch zu gewöhnen.»

«Ich habe noch nichts über die riesigen Felsen hier im Wald gehört», raune ich nun, um etwas Schwung in die Erzählung zu bringen. Schliesslich tickt meine

Laufzeit weiter. An ein gutes Resultat ist längst nicht mehr zu denken.

«Gemach, gemach!», zieht die leise Stimme hinter dem Gehölz zu mir. «Das kommt jetzt.»

«Unterhalb vom *Grauberg* befand sich damals eine kleine Senke mit einem hübschen Seelein. Für die Riesin war dieses eine Art Badewanne, wo sie sich besonders gerne aufhielt, um im Wasser zu planschen. Dort erspähte sie Brun eines Tages, als er über die Berge wandelte. Er machte lüsterne Augen und lächelte in der Art der Teufel. Das ist ganz nach meinem Geschmack, dachte er und rief der Riesenfrau zu: Schätzchen, willst du nicht mit mir kommen? Die Frau lachte und winkte ihm, ja, sie warf ihm sogar eine Kusshand zu, denn Brun gefiel ihr. Sie dachte: Wer weiss, vielleicht hätte ich es bei ihm besser. Warte, ich hol dich, Schätzchen!, grölte Brun. Es war dasselbe Grölen wie bei Grisch. Jetzt wurde die Riesin unsicher: Halt, halt, nicht so eilig!, rief sie.

Durch das laute Rufen war Grisch von seinem Mittagsschläfchen erwacht und stand nun plötzlich mit seiner Steinschleuder auf dem Grauberg, Verschwinde, du ekliger Klotz, die gehört mir!, brüllte er zu Brun hinüber, als er ihn entdeckt hatte. Dieser aber lachte und schrie: Was dir ist, ist auch mir, Brüderchen! Grisch spannte seine Schleuder und wollte Brun mit einem Stein treffen. Jener aber sprang rechtzeitig beiseite und lachte dazu spöttisch aus vollem Hals. Nun stieg die Wut erst recht in Grisch hoch, er schleuderte Stein um Stein. In seinem blinden Eifer traf er aber nicht. Er schimpfte und fluchte, und auf der anderen Seite hüpfte Brun seinen Veitstanz und lachte und fluchte ebenso. Dazwischen brüllendes Gelächter und donnerndes Gebrüll. Das teuflische Toben erfüllte das ganze Tal.

Nun begann es an den Bergen allmählich zu knacken, zu bröckeln, immer mehr und mehr. Die Bergseite, wo Brun stand, geriet ins Rutschen und ein verheerender Bergsturz begann. Es krachte und donnerte weit ins Land. Die gewaltige Welle aus Geröll und Schutt ergoss sich mit biblischem Getöse ins Tal und begrub das ganze Land unter sich. Schliesslich kippte der ganze Berg um und wurde zu einer Steinlawine, die vordrang bis zum Rhein und dort den Fluss abgeriegelt hat, so dass der sich in Tausenden von Jahren ein neues Flussbett graben musste.»

«Bist du noch da?», fragt die feine Stimme nach einer kurzen Pause.

«Ja, ich höre.», antworte ich. Ein Schaudern durchfährt mich. Die Felsbrocken in meiner Nähe scheinen sich plötzlich zu bewegen.

«Grisch stand auf der anderen Seite des Geschehens und vergass vor Entsetzen zu fluchen. Als sich die Staubwolke gesetzt hatte und man wieder etwas sehen konnte, kannte er sich in der veränderten Gegend kaum mehr aus. Von Brun und seiner Riesenfrau war keine Spur mehr zu sehen. Grisch stellt sich nun breitbeinig hin, überblickte das Trümmerfeld zu seinen Füssen und sagte stolz: Ha, mein Sieg! Mit meiner Kraft kann ich die Welt verändern. Was bin ich doch für ein grosser Teufel!»

Die Stimme verstummte kurz. Stille im Wald.

Dann fährt sie fort. «In jener uralten Zeit also wurde die ganze Flimser Gegend ein Trümmerfeld. Oben in den Bergen aber sass immer noch Grisch, der Steinteufel. Er verfolgte mit bösen Augen mein Tun und schrie mich an: Was hast du in meinem Reich zu schaffen? Es braucht keine Bäume und Blumen, für was auch! Ich werde dich vertreiben. Er spannte seine Steinschleuder. Aber ich liess mich nicht einschüchtern. Er schleuderte mir immer von neuem wutentbrannt grosse Steinbrocken entgegen. Ein Zauberwesen aber kann nicht getroffen werden. Immer wenn ich in einen solchen Steinhagel geriet, verwandelten sich die Steine sogleich in Blumen. Kleine rosa Blütendolden, die sofort büschelweise am Boden weiterwuchsen. Steinröschen nennen wir sie heute.»

Es wird wieder still, die unbekannte Stimme scheint mit ihrer Erzählung zu Ende zu sein.

Ich gedulde mich einen Moment und frage dann: «Sagst du mir bitte noch, wer du bist?»

«Ich bin die Flimser Waldfee, ein Zauberwesen. Meine Augen sind das klare Blau des Himmels, meine Haare sind der Sonnenglanz und meine Gestalt ist umhüllt von einem weiten Kleid aus Nebelschwaden. In dessen Falten sind viele Taschen eingelassen, worin ich die mannigfaltigsten Sämereien aufbewahre. Nun schwebe ich seit ewigen Zeiten über das verwüstete Land und verstreue Samen, die durch meinen Zauber sofort Bäume, Büsche, Blumen und Gräser werden.»

«Darf ich deine Augen sehen?» Zu spät wird mir klar, wie unplatziert diese Frage ist. Ich verharre schuldbewusst. Wieder Stille im *Flimserwald*. Ich halte den Atem an und warte weiter. Keine Antwort.

Jetzt wiege ich meinen Kopf in die Gegenwart dieses jungen Sommertages zurück. Die Schweisstropfen auf meiner Stirn sind kühl geworden, der Puls hat sich verlangsamt. Gedankenverloren trete ich einige Schritte vom Stamm weg, hinter welchem ich die unsichtbare Stimme der Waldfee zu vernehmen glaubte.

Ich drehe mich und beim Blick zurück leuchtet mir die Postenflagge entgegen. Orange-rot, verborgen hinter einem hell beschienenen Felsen. Ich lausche nochmals in den dunklen Wald hinein und höre ein tonloses Säuseln hinter den Bäumen.

Seinzeit

Das Wasser in der Ferne liegt stahlblau in der Bucht. Die Inseln zeichnen sich wie dunkle Flecken an der Grenze von Meer und makellosem Himmel ab. Die Soli der Meisen, Möwen und Grillen verweben sich zu einem Klangteppich, der in seiner Unverständlichkeit zum Zuhören einlädt.

Ich sitze auf der besonnten Terrasse, blicke im Wechsel auf Meer und Grün am Hang, lausche selbstvergessen und lasse die Gerüche der Natur meine Nase streicheln.

Gegen Mittag kommt ein leichter Wind auf. Die Zweige der Olivenbäume spannen sich und schwingen zurück in den Zustand der Ruhe und dann wieder von vorne, unregelmässig aber konstant werden sie von einer unsichtbaren Hand bewegt. Sie erinnern mich an das, was zurückliegt, jetzt an diesem Übergang. Bewegt werden von Verpflichtungen, Vorgesetzten und Regeln in einen Zustand von Spannung, Last und Verletzlichkeit. Dann Zurückschwingen in die Ausgangsform mit einer kurzen Atempause. Sofort wieder Wind. Von links und rechts, von vorne und hinten, aufwärts und abwärts. Bis das Holz müde und rissig wird, wenn es nicht genügend Wasser aus dem kargen Boden zugeführt erhält.

Nun bin ich da, am Meer, blicke und lausche. Rieche. Bin. Lese und schreibe. Ganz oft aber sitze ich einfach.

Jemand tippt mir auf die Schulter und meldet sich: Hast du deine Arbeiten erledigt? Du solltest heute noch deine Recherche abschliessen und zu Papier bringen! Was ist mit der Mängelliste unseres Kunden? Hast du das Inventar gemacht, die Tiere gefüttert, die Bestellungen erledigt? Nun mach schon! Fange doch etwas Sinnvolles mit deiner Zeit an! Du kannst nicht einfach nur dasitzen!

Das weite Wasser vor mir bildet bewegte Linien, Spitzen und Kanten. Einige Flächen sind dunkler als andere, immer wieder wechseln die Farbtöne in allen Blauschattierungen wie die Muster des Periskops in meinem Kinderzimmer. Wann hatte ich letztmals Zeit, dieser ständigen Erneuerung, diesem Wechselspiel der Natur ohne Unterbrechung zu folgen?

Meine Pendenzen liegen an diesem Tag genau darin: sitzen, blicken, lauschen und riechen, mit Gedanken spielen.

Den Wind malen.

Dank

Schreiben ist Aneignung.

Mein Dank geht an alle, welche, und alles, was mein Denken und Schreiben angeregt und erweitert hat. Eine unvollständige Auflistung:

Philipp Fankhauser für sein Blueswerk «I'll be around», dessen Einzelsongs in «Truly blue» zu einem Ganzen gefunden haben.

Yuval Noah Hariri für seinen ebenso unterhaltenden wie erhellenden Comics «Sapiens: Der Aufstieg» der «Fragen an Tag und Nacht» aufwirft.

Pascal Mercier für seine aufwühlende Gedankenreise in «Das Gewicht der Worte» mitten ins Innere des Menschen.

Den Velofirmen Pinarello, Spezialised und Thömus für ihre federleicht rollenden Gedankenbeweger.

Der Plattform OpenAI mit deren Schreibprogramm ChatGPT, welche Teile des Zwiegesprächs in der Erzählung «Kairos und Chronos» beigetragen hat. Beängstigend.

Sina Semadeni-Bezzola für ihre inspirierende Sammlung mit «Flimser Märchen».

Thomas Verbogt für sein weises Spätwerk «Wenn der Winter vorbei ist».

Unserem berberischen Reiseführer Hassan für die Erzählung einer lokalen Sage aus dem Hohen Atlas, welche mit einer Prise alkoholfreier Phantasie in «Hinter Hüllen» zu einer neuen Erzählung geworden ist.

Laura Egger, meiner Lektorin, für ihr Einfühlungsvermögen und ihren Mut. Es war eine Freude, die Herausforderung anzunehmen und meine Texte weiter zu entwickeln.

Und meiner Lebenspartnerin Christine für ihre Grosszügigkeit überwegs.

LUKAS JENZER, geboren 1961 in ein Pfarrhaus hinein und aufgewachsen im bernischen Oberaargau, war als Ausbildner auf verschiedenen Schulstufen tätig. Die Kraft der Sprache entdeckte er in jungen Jahren als Teilzeitjournalist und später als Kommunikationsverantwortlicher einer international tätigen Industrieunternehmung. In den letzten Jahren haben die schlummernde Leidenschaft für das literarische Schreiben und seine eigenen Lebensfragen zu diesem ersten Erzählband geführt. Lukas Jenzer hat zwei erwachsene Töchter. Er wohnt mit seiner Frau in der Nähe von Bern.